江西
JIANGXI
JIU REN SHIXUAN

九人诗选

熊国太 主编

百花洲文艺出版社

《江西九人诗选》序

商 震

　　井冈山、庐山、三清山、龙虎山，江西三面靠山，一面临水。"临川多才子"，江西自古人杰地灵，历史上曾出现了大诗人大作家如陶渊明、欧阳修、王安石和曾巩等，历朝历代人才辈出，杨万里、文天祥、朱熹、解缙、杨士奇、刘辰翁、陈寅恪等文人雅士皆为江西人。黄庭坚以其鲜明的诗学主张和诗歌成就而为诗坛所瞩目，并为后辈诗人提供了具体的创作门径。以黄庭坚为首的江西诗派更是冠绝一时，影响后世甚远。

　　地域文化要有传统，更要有传承。

　　江西自古就是鱼米之乡，地产丰富，民风淳朴，江西人有着勤劳、坚韧、善良、纯朴、宅心仁厚的文化性格。新世纪以来，江西诗人默默创作、不事张扬，谦卑、低调、与世无争，先后诞生了上饶诗群、赣南诗群、吉安诗群、南昌诗群、萍乡诗群等地域群落，涌现了汪峰、熊国太、林莉、三子、江子、凌非等一批在省内外有影响的诗人。

　　天下多一位诗人，人间就多一份温暖。用诗歌搭建的友情长廊，弥足珍贵。汪峰、饶祖明、林莉、傅菲、三子、圻子、聂迪、吴素贞、熊国太，九位身份不同，年龄不同的江西籍诗人因为诗歌走在一起。他们的友谊有诗为证，"独抒性灵，不拘格套"。他们的诗歌各具气象，无论是抒情还是叙事，他们都在场。一起喝酒，一起写诗，他们的诗歌里有血有肉，有歌哭有呐喊，有疼痛有欢欣。

　　汪峰在四川凉山，写熟悉的农村，写风花雪月，怀古。饶祖明在黄山，像大车那样匍匐下来，穿过必经的生活和尘土。傅菲在江西和福建之间潜行或浮荡，爱滚滚红尘，爱它的温热也爱它的炎凉。林莉生活在赣东北山水之间，她的诗歌敏锐、细腻，又不乏宽阔与深邃。三子虽然是公务员，但三子的乡间有许多熟悉的植物，三子的乡村是内省的，他关注着弱小、卑微的生命。圻子在夜里走出内心的庭院，看到月光和雪花同时飞舞在时间背面。聂迪写诗就像生活，他对诗歌保持一种发自内心的敬畏。80后吴素贞的影子平躺在巷子里，她的诗歌已经剥离了青春羞涩的影子，显现出成熟的气象。熊国太寄身温州，心怀故土，在诗歌里寻找自己的灵魂，以求获得内心宁静与救赎。

天各一方，情暖人间。诗人常常是一个寻求宁静、高远甚而把生活愿景托付给想象空间和思维能力的人，他们用自己的诗歌让人们相信生活中任何地方、任何时节都有诗意。

我想借用聂迪的一首诗：

无 题

给我一脉山就够了，远山
有斜晖几道，晚风三缕
还有你，背着桑篓从山脚回家

要不，再给我一抹水
水中，有鱼儿两条，有涟漪几个
还有赤脚的你，在水边浣衣

如此，我就生活在盛唐了
如此，我的幸福就等同于赶考的书生

写诗何必有题，无题也能够写出好诗。没有人间烟火气儿的诗歌，不会是好诗歌；诗歌的本质就是爱。读完这本诗集，就可看出现实生活中九位诗人精神关系密切，但他们在艺术风格和表现手法上各具特色。虽然不是首首皆好诗，但每个人都有真实自然的感性体验，有真善美的诗意追求，有情怀，有细节，值得赞赏。

　　祝福九位诗人，愿你们成为江西诗坛骄傲，中国诗坛的骄子。

　　是为序。

2015年7月27日于北京三余堂

（作者系著名诗人、《诗刊》主编）

目录
mulu

汪峰

三子

饶祖明

聂迪

林莉

吴素贞

傅菲

圻子

熊国太

汪峰（1965—　）

江西铅山人，现寄居于凉山州府西昌。诗、评论、散文、摄影四栖。出版有诗集《写在宗谱上》。

汪峰

甘　蔗

叫甘蔗的乡下女儿
剥去季节之叶
出落得娉娉婷婷

无忧无虑的女儿
春天里匆匆会合
像小学生，坐在田头唱歌
她们在童话里相亲相爱
无忧无虑的女儿
在秋雨里
却要忍受骨肉分离

叫甘蔗的好女儿要出嫁
她们纷纷站在门口
或者路边
看路过的城市人
羞涩而畏惧

城市人递过纸币
就迫不及待地剥开她们的衣服
就迅速地把她们的心放到嘴里
说好甜好甜啊

叫甘蔗的乡下女儿真命苦

一节一节
像以后一段又一段好日子
被城市人嚼烂
吐出一地的渣

草帽的火焰

草帽的火焰，麦秸的火焰
五月之夜
在一棵酸枣树下
照亮我深陷的眼睛

我的姐姐是乡间的美人
她黑漆的长发里插满麦秸和歌谣
而她的手指
正被母亲编成纯朴而秀丽的花纹
剪纸年画一样
被工人的姐夫
接纳进城市

炎暑。我也戴着草帽
她阴凉的火焰里
我感情至深至纯
像吃面粉做的食物
我都跟你说过
我会想到城里的姐姐
离开麦地之后。她的手
渐渐白皙丰腴
不是又黄又瘦
像麦子变成面粉一样

我高兴之余很是伤感
我又黄又瘦的母亲。她一只
手抓着麦秸，另一只手
死于1961年的饥荒
她一生难得看到麦子变成面粉
母亲对儿女唯一的寄托啊
这也是父亲经常在麦地上咯血的
原因

荷 花

把荷花赶到十里外的城市卖钱
荷花说"不"就晕了过去

荷花说"不"的时候
乡下的荷花全鼓起掌来

鼓掌的荷花被赶到十里外的城市卖钱
荷花说"不"的时候就晕了过去

全世界的荷花突然死掉
他们挖开土取出藕根赶到十里外的城市卖钱

写在宗谱上

现实主义的苦瓜
结在墙角的一块地里
叫音乐。那也只是瓦砾子叩击出来的
似歌非歌的东西
蚯蚓叫蚯蚓再叫
我的姓氏长出来长出来枯萎下去很有渊源：
祖母残缺不全的牙齿
少年时化为墙角粗糙的瓦砾子

伸一根写作的藤
攀上短墙。再苦再累再曲折也要攀上短墙
你这个后裔必须懂得站得高看得远

墙毗连的是农村题材的作品
酸菜缸子。鸡笼。锄头和断缺的犁等是
画上叫静物的那类词汇
争食的鸡。甩尾巴的牛。伸舌苔的狗。倦卧的猫是
画上叫动物的那类词汇
这些词汇因我的母亲到来而串缀成文
比陶渊明写得更朴素健康
只是过于劳累

我的姓氏至今能够苟延残喘
完全靠有一条路通向禾苗。这是父亲的主要工作

沿蓝花瓷碗播种盐。旱灾水灾虫灾
一年一年从皱纹里回收稻子和黄金

我的目光掠过四季栖在对面的山头
我的目光再沉重再疲倦也要掠过四季栖在对面的山头
宗族的山头
父亲说过："每个后裔必须懂得站得高看得远。"

二　胡

沿两根丝弦。我为美娥栽了两垄油菜
在琴弓的田埂上来来往往
我准备了一生的时间施肥、浇水
油菜花儿。月地里，你幽幽地开

你幽幽地开
二胡中的油菜。田垄像一个盲琴师
它饱满的音乐刚被一群麻雀啄空
我要告诉美娥
披霜的盲琴师。像
高悬在院墙上的一串串爱情正一点点剥落
当它回到土里，变为尖尖的芽叶
那是内心的痛楚从盲眼中流出的泪水

我在二胡中
模拟油菜。我要告诉美娥
我在油菜的心中想着她
风吹开曲谱和稿纸。一扇扇窗打开
我的痛楚也是盲琴师的痛楚。向往远方的音乐和田垄
田垄上的美娥。手握春天
头顶花冠，口含蜂蜜
艺术呀。我永远是一匹孱弱的马
放逐在盲琴师手上。饮下音乐　泪雨交流

琴弦上的油菜

一垄躺倒或另一垄站起

一场大雪从屋檐倾压下来

我的盲琴师　两手空空

二胡卧在遥远的月下像一条冻僵的河流

那是我美娥怀里油菜茎里的河流

生命呀。难道我的热血不再滔滔，穿过盲琴师眼中的

冰雪和悲哀

再度抵达二胡

油菜花儿。音乐的梦中，你幽幽地开

汪峰

唢　呐

我热爱的美娥。河流之上的唢呐
早晨她倾下陶罐。用音乐净心
中午她上升为菜蔬。鲜嫩无比
晚上她上升为铜器。根须在河中悠扬

我热爱的美娥。我在河流之上吹奏唢呐
要把干净的浪花赶到对面的山坡

我热爱的美娥。田畴之上的唢呐
春天她解下腰肢。注释谷雨
夏天她回到禾穑。丰盈无比
秋天她上升为铜器。乳房爆裂出奶汁

我热爱的美娥。我在田畴之上吹奏唢呐
要把大地的幸福倾入内心的粮仓

我热爱的美娥。屋檐下的唢呐
从前她在窗前梳妆。月光埋进深井
后来她回到花朵。香艳无比
现在她上升为铜器。在红头绳中哭泣

我热爱的美娥。我在屋檐下吹奏唢呐
要把音乐的痛失从远方收回来!

梅

一点。两点。三点
黑色是病
红是血
梅。驿外断桥边正是雪的意境

落魄书生怀揣玛瑙不敢把子夜的灯点燃
梅。我牵着宝马香车等你
黑暗中没有语言
一个手指被寒风划破了
血正在下滴
梅。这样的夜晚需要我们紧紧地相握

赶考举子一天天枯瘦下去
长安尚远。梅
你的病痛让我垂泪
你的困苦　重重叠叠
让许多人看清了伤口和风骨
像几千年后锤迹斑斑的铁画
许多冬天。凭
一两根疏枝就抵挡住寒窗的积雪

如今。一个手拿梅枝的人向我走来
面色潮红。身影浮动
为博得爱情删削多余的枝节

汪峰

使艺术更为纯粹

梅。我牵着宝马香车在驿路上等你

前途曲虬。让我们结伴到更寒冷的长安去　或者

就趁回久别的亲爱的江南

蝴蝶·李清照

一只蝴蝶
落在菊丛里
一只蝴蝶。一滴离乱的宋朝江山
菊丛中落下清冷的雨水

蝴蝶。
你的飞翔
我在湿漉漉的宋词读到
粉妆已残
目睹盛世的佳人
被雪笺簇拥。纸质的脸
又被转眼的马蹄惊破
蝴蝶。
你的太息
让我怀念起另一些秋天

怎样理解一个愁字
怎样把握
吹箫人
音孔里这只宋朝的蝴蝶

杯酒已干
卷起窗帘。梧桐雨点点滴滴
遍地的菊花瘦成一把残败的骨头

汪峰

和江山

一个人
她往菊丛中走去了

箫

姓箫的那支竹
隐到册页的背后
十六开的江南。就没有晴过

舴艋舟上是谁
油壁车上是谁
一阕小令。要嫁到小桥流水人家
我把江南操在一介书生的
手中。
往年的帝王怀病
总要剔书生的骨髓熬药
劈竹为柴
从此汉家江山。绝了箫

姓箫的那支竹
不要帝王不要金阙
从官墙逸出
隐到册页的背后。愿做书生的笔管
十六开的江南。烟雨朦胧
十六开的江南。笔墨酣畅

十六开的江南
舴艋舟上。书生用姓箫的那支竹垂
钓
油壁车上
姓箫的那支竹挟着书生。打马而去

汪峰

琵 琶

乌江是一根弦
香溪是一根弦
浔阳江是一根弦。还有一根
是你的脉息
琵琶。你的琴音滚滚而来
古典的曲谱
转眼间湿成了几支冷梅

抱琵琶的女子。你的面目沉郁、细致
仿如梅花的寒香
折枝的女子。你的眼泪
到底为谁奉献了干粮或细粮
空庭向晚。玉石里的音乐绵绵若渴
手指落向大地的肩头诉说不尽的沧桑

我熟稔古代的圣贤。常常隐到一根弦上
躲避激流、险滩
琵琶的年代里。像美人命若游丝的身躯
被无情的手指戳伤正一点点消散……

一个残酷的帝王。使琵琶出了塞
一个失败的英雄。使琵琶断了弦
一个怯弱的书生。使琵琶泪湿春衫衣袖

抱起琵琶。有一种彻骨之爱旷世之恨
品相中手指沉沉如水
一挑一捻。琵琶又当别抱。今夜
让我再一次聆听江河。嘈嘈切切

竹

竹破了破身　变成扇　捏在公子手中
扇无泪而哭

唐朝李白那一截　宋朝苏东坡那一截
做成扇　骨子和样子都是第一流的
可扇不是竹能横在八百里秦川吐一身剑气
它红颜薄命，只是好看的装饰品
捏在公子手中，出入歌楼酒肆：
扇面是用金粉涂饰而成的江南的旖旎风光
扇骨是被血泪浸泡的又软又脆的南词唱腔

扇无法回到竹中，那怕山水石头间
竹破了破身　变成扇　捏在公子手中
竹无泪而哭

兰

芝兰之室有一个老头子在作画
老头子把胡髭中的一根画在山头
再画一根在他宽大的袖袍里

老头子多半姓屈又不屈，画完画
到江边抱石头也可，放长线也可
就是不愿躲在皇帝老儿的裤裆里晒日头

所以老头子住在山上和茅屋为伍
所以老头子住在画里和笔墨为伍
所以后面的人总在前人的墙上，看
到两根胡须
一根叫淡雅，一根叫隐逸

汪峰

昆 仑

银子的高台上
一盏羊脂灯扑向黑暗的毡壁
亚洲的高原。
我年轻的驭手，又
用青铜扑打马头

昆仑。
一双手捧起最大的儿孙
像捧起民族的篝火——
我年轻的驭手，衣衫褴褛又面临绝壁
马，马，血光中的马匹
除了内心的烧灼
你还能告诉我什么？

昆仑。
一朵放大了的马兰，一块石头
我早年就遇见了——
爱情：这亚洲高原放牧的十万匹奔马
为了她，我从生命深处撒下了一堆骸骨！

马，马，雪出之马
昆仑，我血液中的长啸者，今夜
我怎样勒住你的马头

李　杜

道路修远，诗歌更修远
李杜的昭光，我们浅了
唐朝的锦瑟中
我看到跨鹤骑驴的人

道路修远，诗歌中的玉露和瑶台
霓裳羽衣的仙子，那纯诗的八十三页
那掺和着李杜的胸腔
从大海中驱出的美
我在云中触到

道路修远，我们相遇于今日
李杜，诗歌的金石还在，剑还在
没有敌人，谁是敌人
一枚钻石戒指在唐朝的天空爆响

由盛而衰，你的忧患延续于今日
解开纽扣一样，我无法拒绝：现实的根
道路修远，李杜的昭光，我们浅了
王朝的背影，却深了

汪峰

给愤怒留一个房间

给愤怒留一个房间
移走花园、兰草、蜜蜂和蟋蟀
让猛虎蹿上九十九座山冈
而曙光昂首阔步

春天横切
女儿因此痛哭流涕
春天的树枝赶不走乌云
而大路却到了尽头

把愤怒的尖刀插进岩石！
一个春天奔向乌云，"给雨吧，我将获得暴雨！"
而大地把鼓点紧抱，雨水淋透了衣裳。

给愤怒留下一个房间
热爱春天的人
将在这里歇息

北　风

北风，让我按捺住前程！

我何以解下玫瑰细腰上的长笛，
北风，这样的时刻，
你的眼窝里感情冻结了多少？

北风，请让我再一次按捺住前程！
我旷世的才华忍不住心里的痛，
北风，请打开少女的坚贞，
打开石头和河流的花枝。
我哭，因为我无泪；我喊，因为我仇恨！

深刻的爱情无法还报，
获得长笛却失却了知音！

汪峰

短诗之恋

多么精致！一个埋下双肺的曲颈瓶。

青春插下细火，几支
开在唇间，我推开小门
一个扑萤少女就是一个盛夏。

大风藏在早年的呼吸中
她始达到年轻，然后达到年老
大风把扑萤少女越吹越暗

扑萤少女多像萤火
美本来很短，就那么一瞬
大风中听得见双肺在曲颈瓶中碎裂

多么精致，短诗之恋！
激情是曲颈瓶下面
一块花手帕垫子。

假如曲颈瓶是你
假如我手中已经轻轻握着光明。

铁　器

铁器。一个可以填进火焰的胸膛

在春天，表示哀悼

真理的未亡人。
我早已耐不住锈气。牙齿像齿轮
溶进了时间的闪烁：庸俗的生活
已埋下半截身体

而路是对的，而走路人的脚印风吹不走
往一个房间里拼命搬运葵花，山坡上
无数只豹子让路
真理的未亡人从胸膛出来，双手捧着阳光
——未来的日子早就给了一个人的喜悦

或者捧着铁器
尖锐。冷：这是命运的几重方式？

像一根空心管子，越长就越无法打量
自身
腐烂或不朽。一个老工匠，把好日子填进了磨石
一个老工匠额头磨平，关键是
他看到了，窗户在晨光中舞蹈，如
一片海水漫过堤坝，越来越近，牵动了回忆的潮汐。

汪峰

精神出现，如宝剑出鞘，带来了语言的致命伤
一本经书，离封面越来越远，或者
喝退了物质。

或者把活着的死人从房间里赶走，把一团肉
从"腐"字上拆下来，还"府"字一个清洁！

铁器。弯向黑暗窗户纸的嘹亮的舌尖

一个炼铁工人交给我的一柄锄头
在春天广场上简短而沉默

血浓于水。而我把一根骨头交给了火
——这足以消除良心上的疑虑。

春天
梅花鹿走进了市井。越陷越深
谁也没有发现斑驳的岁月
它钢性的皮肤上散发出雅致的梅香

齐腰深的生活

谁能忍受刀尖上的自由
谁能忍受齐腰深的生活

谁能识别假钞票
或者在某一个脸上贴一张纸条说，这也是假的

谁能不交出自己的亲人
谁又能不交出自己

谁是婊子养的
谁又不是婊子养的

最干净的手，刚才还杀过人

撕下贴在墙上的脸皮

最能说话的嘴巴，是学舌的鹦鹉
最能哭泣的眼睛，是舞台上的演出

最苦的是糖
最爱的，是仇恨

汪峰

火车究竟开到哪里

火车开起来
像一条长龙
火车一节一节向前移

它开始上坡了
它开始发火了
头上冒一阵又一阵黑烟

接着它开始下坡了
它溜得比谁都快
一阵风一样

火车究竟要开到哪里
铁轨把火车扛在肩上
它用弯道不断改变火车的方向

我这样描述妻

一支磨损的口红，一颗剥掉外衣的洋葱
一只掉在洗衣板上的头发夹
一个在菜市场涂满猪油的竹篮子
一个扔在高档商店门口的蛇皮壳袋

一颗被车间甩出来的
断了手指的螺帽
一个黑色的煤球在街道上盲目地滚动马蜂窝

一本书里剔出的错别字，盖满翻阅者
周密的指印
一个磨掉漆的扶手和椅子，纠葛着
陈年的瞌睡虫

一只麂皮手套，里面刚刚灌满肉松
一块洗碗的海绵，重如秤砣

一门心思掖进衣角，阳光省略了很多细节
因此一面钟疲惫地推开被褥

汪峰

一堆干柴

一堆干柴是什么意思
雪动不动就落下来

雪一点点地打在干柴身上
一堆干柴明显感觉到有一点痛

雪无非是想把干柴埋没
有人却把干柴越堆越高

这个人堆干柴的声音
反而把雪盖住

这个冬天我注定要平庸地待在家里
看不到雪，也看不到堆高的干柴

民 工

民工在扛水泥
水泥100斤一包
我数了一下
民工一天扛了200包

民工把毒日头扛在肩上
民工把40℃高温扛在肩上
民工把包工头的辱骂扛在肩上
民工把儿子的书本扛在肩上
民工把妻子的胭脂花粉扛在肩上

民工一天的生活
有二万斤重啊 民工
在脚手架上闪了一下腰

汪峰

中　秋

你基本上是月亮
你基本上下半夜出来
往空井里跳

你基本上住在工棚里
在同村人的撺掇下
你基本上在草纸上睡了一夜
你基本上在安息香里
还原成女人

你基本上是一桌热气腾腾的饭菜
你基本上以鱼的姿态
慵懒地睡在一个粗瓷碗里

你基本上没人交谈
你基本上和地下人交谈
你基本上挂在一孔箫上

你大不了
和一只蟑螂有关
在我的窗户上爬了又爬
咬得一颗苹果掉了牙齿

你基本上是圆的

你基本上是牙齿里
一个尖叫了很久的声音

汪
峰

花

花，是站在村道上的那种
是坐在街道上的那种
是掩着脸在洗头店的那种

是泡在茶中的那种
是泡在酒中的那种
是泡在药中的那种
是被嘴唇推来推去的那种

是种在陶钵中的那种
是插在瓷瓶中的那种
是埋在身体下面的那种

花，打开来
在手掌纵横交错的阡陌上迷了路
但她会在枕头上找到一只蟋蟀

锈水管

水管以前
可以滴水
现在不能
因为锈了
因为锈，像
一条脏毛巾
把水管的口堵住了
锈水管不能滴水
水管很长
以前，有人在另一头哭
我们在这一头
看到泪水
现在，那头再有人哭
更多的人哭
我们最多也只能
听到
这一切
都因为水管锈了

汪峰

白与黑

在一亩三分地里
我种牙齿，种锄头
然后我浇水、施肥
在一亩三分地里
会长牙齿、锄头
会开花

牙齿开白花
锄头开黑花

铁

一根铁跑掉了
并不是说一个
铁栏栅跑掉了

一个铁栏栅跑掉了
并不是说
所有的障碍都没有了

啊，我一个夏天都往铁匠铺里跑
我把铁藏在怀里，然后
我把铁移到足尖上。我像铁一样跑掉

汪峰

两棵树

两个人在对方身上种树
他们各自在对方身上
先挖了一个树坑
然后移来树苗放入树坑
树坑很深
树在坑中不断延展着根须
树慢慢长大
树坑也一天天胀大

两个人在对方身上种树
树像小孩一样在树坑中睡着了
等他们醒来
发现两个人的身体已经不见了

真真切切的两棵树
我看到两个人已住到对方的树冠上

真真切切的两棵树
又长成了两个不同的身体

村　庄

火车每一次经过
瓦片都在折折响
瓦片一折折响
我总担心它砸下来
于是，火车每一次经过
我都带着惊恐
有一次，火车经过
瓦片不再折折响了
因为我在火车上
没有看见瓦片

汪峰

油菜花

油菜花在半山腰
我在山脚看时
天空中那么多黄金
我在山顶看时
大地上又铺满了黄金
油菜花其实
不在天空
也不在大地
它仅仅在半山腰

后来，我到油菜花中奔跑
我贴着油菜花的根茎奔跑
我的奔跑跳了一尺高

水仙在身体的肩头眺望

1

我把水仙花按在盆里

给她喂水

喂石子

她就从一个

白白胖胖的

身体里站起来了

她站着

站着

便来到了

身体的肩头

眺望

2

从江西望过去

到江西

她在裙子下面喊

江西春天

江西春天

菜　园

秘密的萤火虫
眼睛里的韭菜抖动星光！

出门在外碰见辣椒
我的血液中增添了一种热情，也增添了一种火爆。

南瓜藤受委屈是必然的
啊，我这样扶着它跌跌撞撞过马路！

哪里是我期待的远方？
月光多么像枕着的冬瓜。

推开母亲的被褥，看见
茄子，长不大褐色的童年

瓦砬子划得手指生痛
被踩在脚下的风啊，一转身长成青枝绿叶。

内心的菜园啊，内心的贫穷
埋在泥土下面的根，埋在泥土下面的鞋。

笛

一支笛上有七块水田
音乐的禾苗在水田中任意生长

吹笛的人就是耘禾的人
一遍，两遍——
手指抚摸着禾苗的根须

从手中会飞出七只白鹭
在水田的上空盘旋
或者停在水田里，梳理着干净的羽毛

白鹭的白，禾苗的绿
在笛孔中呼吸着对方
拥抱着对方
直到黄昏，白鹭从水田中飞走

禾苗禾苗快长大
我的手指要结出白花花的大米

汪峰

窝

人有某种局限
比如家，仅是一个房间
比如家乡，仅是一个
在裤袋里揣了好久的地名
比如生孩子、换尿布
再比如七姐八弟，原来亲情
竟是这样叽叽喳喳
动不动就飞到故乡那棵树上
父亲，有一个窝
是竹竿捅不破的

三子（1972——）

江西瑞金人。上世纪八十年代开始写诗。曾参加诗刊社第19届『青春诗会』，中国作家协会会员。诗集《松山下》入选『21世纪文学之星丛书』（2008年卷）。

三子

村　庄

三十年了，这是我第几次写到这个村庄
潮湿的，简陋的，三十年来在鼾声中
睡着的：夜里，我看见父亲抱着枯枝
走来走去——今年，他唯有的一颗牙齿
终于跌落。他的嘴紧紧闭着
每个清明节，我都要回到这个叫做
"松山下"的村庄，在朝北的山坡上
父亲和我，和我的儿子，焚香、叩拜
怀揣着心事，父亲的嘴紧紧闭着
——"有必要保持对时光的最后沉默"
三十年了，这个村庄在我的笔下越来越小
像父亲蜷缩着的身躯。我停下笔
我看见他抱枯枝的手也停了下来，一对
黑暗中的眼睛，和我静静地对视

三子

青　藤

乡间有许多熟悉的植物，一见到它们攀长的青藤
你就能叫出一个个名字：这是五月的黄瓜
这是七月的刀豆，九月的红薯
你说：它们其实是藤上长出的常吃的菜——
在乡间，注定有些植物你无法叫出
就像现在，我站在老屋前，看见一枝细小的
青藤，从墙根的缝隙钻出来，它牵扯着
细嫩的叶，贴着墙壁斜斜向上延伸
我叫不出它，是因为以前没有见过它
我注意到它，是因为它碰巧重合了墙壁的裂痕

春 宵

让我说说一只猫吧。一只有着
诡蓝眼睛的猫，踩着细步进了春天的心房
它迷人的爪子打着哑语，或者用慵懒的夜色
把回忆包围——哦，让我说说
一只猫那困于月色的情欲吧

让我说说一个女子——一个满怀忧郁的未亡人
她三十岁，和我一样的年纪，一样习惯
在夜晚出没。"爱情的坟墓上长出了青葱的枝条……"
慵懒的夜色下，让我伴她
将此刻的良宵抱紧

说说旷野上的鸣虫，说说无边无际的虚空
哦，说说一种幻想和情怀从黄昏
漫到天明。万物在暗中生长
说说一只猫，引领我自春天的谷地出发
脚下的泥土始而润湿，而终于腐烂

乡村路上

乡村路上，我遇见过一群送葬的人。
低哑的响器在队伍的前头传来，
擦肩而过的瞬间，突然变得尖锐。这一群人的
面孔微垂——沿着乡村小路，他们继续向前走去
与我眼里的这个暮春、这片旷野一样，
他们的脚步不快也不慢。

人物记

二伯，七十七岁，我父辈中年纪最大的老人
读过私塾，熟知姜子牙和薛仁贵的故事
一场病要去了他的左腿，十八年来
他习惯在墙边的竹椅上，等待冬日的太阳出来
二伯的儿子瘦毛，长我一岁
十年前，我们碰巧乘坐同一辆夜班车去南昌
吃了他买的两个茶叶蛋，而他
再也没有回来，半年后
传来他因团伙盗窃罪，在他乡的某个山冈
枪毙的消息。上屋的黑牙子
年龄不详，妻子被篾匠拐跑后，得了间歇性精神病
发作时他大声喊叫，绕着村子快步游走
累了，就地蹲下来，捂着脸哭
下屋的连生，从前的县剧团琴师
约五十岁，回乡后忘记了田地里的劳作
十多年来，每天专心练习带回来的那把二胡

附记：松山下村
二十年前有人口一百有余。或因考学，或外迁
和务工，或老病，或其他
现在，村子常住人口约为五十。

三子

我知道那些昆虫的喘息

我知道它们，在潮水渐涨的夜晚
我知道那些昆虫的喘息
那一只漆黑的蚂蚁，停止了秘密的爬行
在暗处的洞穴，一缕温柔的月光使它
悄然受孕。一条蚯蚓将蜷曲的身体伸直
泥土的深处，它的呼吸加重了大地的湿气
我知道一只甲虫在体内脱壳，一只蜜蜂
在梦中盲目采集，一条蚕
开始吐丝——潮水渐涨的夜晚
在我走过的旷野，在春天寂静一片的村庄
在一场如期而来的骤雨过后
我知道那些昆虫黑暗中的战栗，春天
已经到来，带着它们命定的不安和窘迫
我知道春天已经到来

乌 鸦

我相信乌鸦是夜晚的一部分
当它蹲上枝丫，那低垂的小小的头
和漆黑腹部，已收藏了屋顶之上的秘密

我还相信它的语言有黑金属的质地
但不愿开口——
它一说话，声音就发生改变
为此，我相信它的眼里有和我相似的
悲伤

一只乌鸦不会离开自己的村庄
如果是一群
我相信它们就是我过往和将来的亲人

怀　疑

在小村里，我遇见的每个人
背影都有些模糊
一个老人死了，他儿子接着佝偻下背走路
如果开口，嘴里便发出他的声音

因此，我常常恍如梦中
叫不准那些熟悉的名字，也无法和草树交谈
——它们的枝叶，像从前一样摇动

而这个小村是静止的。时光的缝隙中
它容许穿行，却不露出一些痕迹

亲　人

沿着水渠走近的，是我的亲人
牵着牛回栏的，是我的亲人
坐在门槛上吸烟的，是我的亲人

搂着咳血的肺，盛一碗井水熬药的
是我的亲人
被一辆货车撞飞到沟里的，是我的亲人

在漆黑的夜
在广袤的土地，曾经爱过我的
是我的亲人

甚至恨大于爱的，都是我的亲人

村庄小记

回到村子，没看到几个人
也不见几条摇尾的狗了
我小时候养的，已找不回它们的骨头
游荡着来的，重新去了
他乡。住在隔壁的寡妇，该有五十出头了
她的面目慈祥，两年前开始吃素

油菜花

故乡三月涌出的绸布的彩霞：油菜花
丘陵和山冈藏起的迷茫的人家：油菜花
目光在泥地里栽种，在时令里施肥
这一个豆蔻的姐姐捱过了冬寒，在乍暖的
正午出嫁。一颗心在扑扑地跳：
油菜花；一嗓子哭声撕破童年和
田埂上萦绕的唢呐：油菜花
日子在手心攥出了水，父亲的脊背向着我
弯下——故乡的三月，绸布展开岁月的枝节
那个赤足的孩子在田野里喃念：油菜花
那条通往故乡的路途洒下：油菜花
又一年，雨水浇注的泥地在渐渐腐软
又一年，骨头的夹缝里开出了大地惊惶的花

驿

别郡城，算来不过月半
时序已是深秋了。沿途的风光看尽
水是幽绿的，山，还是青的
我忽愧不擅丹青，不能涂几笔
同你在三尺薄宣上走过。而前路

犹自迢迢，我还要走的
是你还偷偷念的
舍在我身后的，是你一点点拾的
在深秋，它是镜里的朱颜。在某个驿站
是砖壁上依稀的数行墨字

白蛇传

来生，我还愿修炼千年
取名白素贞，巧遇个小小的郎中
唤作许仙。不要法力，也不要
众口流传的戏文——
（我愿和你们并不相熟）
来生，我只做拣药的娘子，在烟雨江南
小心和他守着那间挂着布帘的小店

马 鞍

天将露出鱼肚白，他就漱口，起程
顺赣江而下，此去郡城
还有八百里。到京都，有三千九百里
我坐的是火车，他骑着马
而在路上，我们要耗尽同样的
一生。
车窗外，灰蒙蒙的是山，那江刚才在左
现在是右。马上的影子
一隐，一显，我手上的古籍
合了又翻——兄台，距秋闱
尚有半年，我且先去觅一间静舍
打一桶清水，待秋风来时，共你
洗净蒙尘的马鞍

山 居

到河里打鱼，树下捕鸟。春天，
下过蒙蒙的雨，挎一只竹篮，到山上
采薇。
也采刚刚破土的松毛菌。
到院里劈柴，到镇上买盐
夜晚，抚平宣纸，到一盏灯下写信：
山居无日月，我友如晤，勿念。

三子

桃花汛

披蓑衣的人收起了昨夜放在下水处
的竹篓。抖出时，
有鲫鱼，鲤鱼，还有几条细细的
柳条鱼。披蓑衣的人，将竹篓
重新在下水处放好。在前朝，
和溯游的鱼一起，他是幅简笔的墨画
今年的桃花汛，他
是我看不清面容的替身。

与友人书

L兄，近好。乌仙岭下一别
倏忽已是数载了
料想那坡上的山石如旧，依岩而筑的
小庙如旧
坡下，匆匆的车马依然如旧
而我头上的白发，比初见时却增了
一倍还多。
如此，便任其白罢。近来读《金刚经》
读《坛经》，略知诸事皆有道理
无奈夜梦犹作，醒来时
听窗外秋风渐急，不知身之所在。
L兄，你听见了那秋风么
或待来年春至，择得良时
乘车马，踏山石，再于乌仙岭的小庙一聚
兄以为若何
丁亥年，霜降日，弟顿首。

春衫薄

薄的不是春衫，是
春衫里的人。饮的不是酒，是杯里的影子
虫子唧唧地叫着
更远处，有蛙鸣，有汩汩的流水
也有花在暗地里开着。暮晚时分
他看过那些植物，四月栀，香艾，蛇舌草
现在，他坐在自己的空里。
拢一拢春衫，他觉到了凉
有那么一个片刻，他几乎要忘了它们

锦　瑟

我的一生都在爱着一具锦瑟。春风
吹过苏圃路，阳明路，一经路
吹到了江边，又逐水而去。我在岸边居住
我的一生都在爱着两种事物：一种是我所说的锦瑟
另一种
是春风在它上面吹过时扬起的细小灰尘

意 外

前些时候，有一个哑巴死了
六十多年来，他从没有说过一句话
所以，我相信
他幸运地守住了这个世界的全部秘密
包括自己在内。所以
有时我会怀疑我所言说的
是否多余——它们出于我口
但也许一无例外地有损于万物本意

等待雪

等待雪，一场前世的，无边无际的
快意的雪

等待十万公顷的山川，被天宫的一枝羽毛
突然覆盖。着青袍，驾香车
——我
就是那个执意的，在雪里画梅的人

我就是那个不科举，不食禄的人
十万公顷的山川
当晨鸡鸣晓——我，只等待着披一身雪花

和她
在驿路上轻轻走过

鸩

望见你时，你在水边濯洗
柔软的羽毛。一把檀香的木梳
绕上足踝间的水草。

三十步之外，我开始唱歌。
我听着你的啁啾，反复
将怀里的小小瓷瓶擦拭。

而一道影子在水中一闪——
一粒尘埃划出一条弧线，尘埃
我要陷进那美的绝望里了。

呵，四月的春天，我该患怎样的
一种疾病？告诉我，又一年的
春天，我将怎样离开梦里的官廷，

在江南的某一片水边走过？
潮湿的空气，我的幽雅的瓷瓶
我昨夜新盛好的一觞黄酒。

多么潮湿的羽毛。你看我用檀香的
木梳，最后一次将它濯洗。
美的，柔软的，绝望的。伸出手，

我已经触摸到了。春天，一种鸟
在水边开出了安详的花。我走过的
民间，从此多了一种安静的毒药。

三子

约 定

——给艾米莉·狄金森

"我必和你有一次会晤——"姐姐
在下雪的天气，或者落日将落的黄昏，我必
从赣江的上游出发，乘舟西下，撇过一座座
丘陵和山冈，于某个合适的时辰
抵达你的小镇。姐姐，这样的行程

身不由己，其中的劳顿和孤寂也无所谓
我要的只是会晤，简单的会晤，真实的会晤
——这样的相见一生必有一次
姐姐，就像你找到了年长的老师。而我说：
"停下你执笔的手，听听我的心吧。"

听听它要些什么。在下雪的天气，或者
落日将落的黄昏，我的船是水上折叠的一张
白纸，我的旅途是昨夜零乱的墨迹
姐姐，现在我要来了，带着与生俱来的愿望
和单形只影，我就这样来了

如果阿莫斯特镇已经熟睡，至少会有一处
僻静的小院亮着一点灯光。安详的姐姐
把你琴盖上的灰尘拂去，我要的只是一次会晤
——也许它的到来已是太迟，但穿过脚步和
四季之词，我们终将走进一场神秘的约定

端　午

我喜欢菖蒲、艾草的青涩
枝叶，还有它们安静的，死亡的迷香。
我喜欢鱼沉到水里
的那一把孤零的骨头。此时
行人来往于闹市，
而鞭炮的响声传自远处的河堤
我有一瞬的惶恐，
并对这尘世心存愧疚。

狐

罚她在月光下行走，在隆起的沙丘
灌木丛，在穿不过去的夜。
罚她远离千年的洞穴，以细小的足为手
提一只竹篮，到前生的河边
打水。清凉的水中
罚她的脸变成依稀的模样。一袭素衣
裹住深秋的湿气，罚她的木梳
把一对袖，摆弄出同样的
褶皱。在月光下，罚她继续行走
一天天瘦下去——罚她爱
罚她轻略侧身，而那声再也隐忍不住
的饮泣，我无法听见

桃花七杀

1

那人走上土丘时，我看到他
眼里的风。
他转过身
顺手拉紧了衣襟。

通过他的眼，我看到了
桃花落地。
我看到他从另一侧下了土丘。

2

头一日，我在院墙外看到他
院墙之内
房东翻晒着被褥。

其实我看到的是他的影子
我踱出木门，他已跨过了墙角。

房东拍拍被褥上的灰尘
说："那人，去年我在桃花庵好像见过。"

三子

3

此处到桃花庵，约有七里
桃花庵里无桃花，只有一个
瞧不出年岁的尼姑。

晨和昏，
蒲团和油灯。尼姑默念着经文
我想，
她手上敲的木鱼，该是桃木做的。

4

我试图在纸上
画一个走下土丘的青衣行客
（可我画不出他的脸）
我在白纸上，画一朵桃花
（可是我不用红的颜色）

那是一点瘀青
恰和我身上的某个胎记，暗合。

5

第五日，
我喝清水，继续坚持着素食。

夜晚，我观着星象

等待两天之后
上路，到桃花庵上香。

6

窗下的草丛里，什么在叫着轮回
我的袖角
被一滴露水打湿。

桃花的身子藏在土里
我的身子，藏在薄薄的春衫里。

7

手指数到了七
我如期起床，扫地，净手
将这首桃花诗写完。

桃花庵在七里之外
桃花，开在我所不知道的那处枝头。

桃花庵的傍晚

四月的桃花离开枝头，划出虚拟的
弧线。我不能随着它越过矮墙
落到黄昏的蒲团之上。两个尼姑
更老的对年轻的一个说：
"该上灯了。"——灯亮时
四周的暗，又加深了几分
我看不清她们的脸，也无法揣测她们和我
都有怎样的身世。走出庭院
正是一片月色，一片月色正适合照我
回到七里外的小镇

在小镇上

在小镇上，我过着一种饮酒者的
生活。黄昏，光线移到柜台的尾部时，

我习惯于在这一个屋角坐着。一天中
我第三次端起了琥珀的杯

——在小镇上，我是唯一只饮自己
酿造的酒的人。一天三次。我还喜欢

偷偷地在里边加点什么，比如
一钱当归，两片防风，或者三叶甘草。

想到其中小小的秘密，我就有多么的
激动！这样的酒，我慢慢地品着。

如果老朋友来了，他们就会在我对面
坐下。我指的是，左壁理发店的

曾大，和右首照相馆里的聂二。
在小镇上，我们在一起有十五年了，

我们不说话。我们的话都在杯里
祖传的琥珀杯，张口，我喝下了它。

包括隐秘的身份——在小镇上
我触摸到的时间，是如此地缓慢，

而简单。就像移过三尺柜台尾部的
一团光影，光影中掉落的某一粒微尘。

纪　事

我愿意所有的聚散都有
确定的理由。譬如，雨回到水里
而一朵花回到花骨朵。我还愿意万物周转
的秩序偶然打翻。譬如，昨天傍晚
在楼下散步时遇见的猫
它用熟悉的眼神看我，让我差点叫出一个人
的名字。

金缕曲

春风里多萌长。小蝌蚪伸直腿
成了青蛙，另一只，是不是丑陋的蟾蜍
春风里它们结伴上岸
迅即隐于野地深处。而春风中多杀戮
菜花爱上了萋地的绚烂，在春风中做梦的人
怀里揣一把匕首。对着铜镜
他掏出了它，开始又一轮的练习
春风中他看到自己的金缕之衣渐渐捣破

春 日

人有病，天知否

恍惚之间，春日将至

桃花庵的尼姑，提着竹篮下山

去探娘亲

我的体内有车马在动

我腐蚀的体内，缓慢爬出一只去年的蜗牛

短 句

我要说的尘世
在早晨或者黄昏
在一只鸟的豆粒大的眼中
在豆粒大的眼中滑过的，一枝羽毛跌落的
斜线以外。

我要说的尘世
在我再次捧起的，这一只空空的碗里。

一个人的火车

一列火车开走了
就是说
一个人突然走远，不见了

午后一点的站前路
午后一点，空荡荡的广场和矗立的
雕像
一个人，突然就不见了

午后一点，火车
驶出了十公里的距离
然后，是五十公里，一百公里
三百公里
我看不见的火车，在继续加速

我看不见的火车
载着一个人，载着
我们一瞬的苍老
掠过秋天以北的旷野和村庄

三子

暮春夜，与江子聊天

城里与城外，暮晚与灯盏
电话中，我们的交谈隔着一道江水
几册书卷，隔着春风送走的相似岁月
两个异乡人——两个
在异乡怀抱着故乡的人，谈起了
田野上开过的油菜花，清明的节气
以及父亲的疾病
我们的话语缓慢，偶尔显得有些无措
像这个春夜，在身体里流过的
江水，它挤压着我们的心脏
它使今夜的词语，和春天以后的日子
疼痛，并且无从把握

春风中

春风中有陌路，杨柳抽出新枝
草色浓过昨日

春风中有慈悲，蝌蚪
要长成青蛙，眼前的菜花要
开到败烂

春风中有微寒，不小心就沁入
手背
加深着去年的那枚青记

春风中，有恍惚的余欢
有肉身的大痛而不言

致圻子

如你所愿，丝丝白发可以挽着文字继续奔跑
但高处，星辰依旧不可触摸
低处的河流无法更改。如你所愿
十年的光阴，换来微薄的物质，简单的一日三餐
而接下来，虚无的意义是否需要再次询问
或者干脆一并还给从前。在铜钹山上
我们像从前一样坐着
雾气笼住石头、树木，顺便笼住两个依稀的影子
如你所愿，风声恰好起于暗处，此后
无须跋山涉水，垂首处就能听见

背　影

还有什么可以留下
当闪电变为雨水，蝌蚪变为青蛙
或者，否定变为确认，偶然变为必然

有那么一刻
我停了下来

像雨水回到一道闪电，像青蛙
回到一只蝌蚪
我窥见的，不过是一些模糊的背影

远远不是
春天藏于万物的秘密

镜中记

这个看着我的人是谁
额上趴着皱纹，白发遮盖了耳廓
他咧嘴想笑，却让我撞破其中的尴尬
他转身而逃，我追不上他
只好一同消失

乡村的泥泞路上
我遇见过他。赤着脚，穿着拖鞋
骑永久牌载重单车，肩挑
一担湿漉漉的谷子。山坡上，他在割草
夜晚，端着碗里的月光发愣
过若干年，在阳明路、一经路上重逢
我几乎认不出他，只闻到
仿佛人间的气息

该不该问，十年，二十年
你到哪里去了
他不会回答。或许哪里也没去
就在这面光滑的镜中
我不打招呼，他的影子不会跑出来

那么，这个看着我的人是谁
如果把幻象打碎
剩下的光阴，他的肉身能否找到更好的

安放之所

但是，三月桃花开

四月桃花落，怎么也躲不掉

有没有下一回的遇见，他不会回答

我不会再问

重逢记

1

五个小时的旅途，我们为何如此奔赴
把丘陵、村庄抛下，把湖泊
和河流抛下，只带着食盐及喂养在身体的刺
分头匆匆走进了暮色

2

谁在说："看山坡上，那些坟墓
和老家的有什么不同？"
不同的只是样式。春天，潮湿的泥土同样长出
熟悉的草，旺盛而迷茫，几乎要覆盖一切

3

朝着同一方向，更多时候我们选择了闭嘴
沉默，或许是对抗时间更有效的方式
而大巴车继续奔跑，它突然地刹车、颠簸、甩动
一次次试图打乱沉默的秩序

4

暮色在加重。DVD的音乐又翻过一碟
暮色中的旅人，是不是也偷偷换了一些面孔

我们知道的，有人上来就有人下去
车窗外有月光晃过，见证了悲欢却不言语

5

夜已深了，铜铗山上的雾气和露水缓慢聚集
此刻，我们在椅上坐成从前的一圈
五个小时的旅途，放大了是山川草木的一生
如果缩小，是月光漏过手指的一瞬

幽篁记

幽篁里有月光
月光下，有未曾打扫过的竹叶
竹叶下，有几只虫子的叫声

梦中见过的那人
轻飘飘，越过溪桥
忽然之间，就站在月光的影子里

梦中
看不清那人的面容，猜不到
他有怎样的身世

多想问
看到我也在此处，你会不会
也感到几分惊异

幽篁里有虫子的叫声
虫子的叫声上面，有竹叶
竹叶的上面，有更轻的月光

月光
由虫子的叫声做成，一碰就散
就会碎

饶祖明（1970—　）

江西广丰县人。

笔名萧穷。现客居安

徽黄山市。

饶祖明

洗炭的人

这个冬天
十亿人用铁钳把炭投入火盆
一个人在白天的河边洗炭

我说炭的内心如黑夜深藏光明
那人便卷走我一生的阴暗
离室穿堂，没入户外冷峭的风中

涉过大片的雪地之后
学习浣衣女的姿势， 在水边耐心蹲下
他洗黑的河水
一定流经我的屋前

在最初，炭在他皲裂的手中变小
越来越小， 最后消失
我听说的光明是他空空的双手
这结果使他哭泣着掩面返身
洗炭的人， 如今你在哪里

这个冬天
十万人在风中打我门前经过
我只想把一人让进屋
陪他在煨红的火盆边坐下

洞穴之美

乱草丛中，洞穴一经发现
便立刻成为万物的中心
洞穴里的黑暗是史前的黑暗
洞穴里的秘密是最后的秘密

幽深的洞穴一定通向哪里
当我们深入，沿途是蝙蝠、百脚虫
最后遇见一条蛇，盘踞在一堆骸骨之上

这多像我们正在穿过，又不可退却的
一生：我们自觉地改变
并将更多的洞穴堵住。譬如
一支吹奏的长笛。一双失聪的耳朵

但我们还是不能闭嘴，停止赞美和辩解
看！那年轻女子，皮肤多么光滑
而法庭上的杀人犯，也只不过
在原罪的部位，找到洞穴。

秘密的洞穴，在夜晚通向光明地带
那里的大火烧毁了真实的夏季
那里叫喊的人，吐不出声音

一个自言自语的人，望着那里的秋天

他的声音来自更深的洞穴，接近真理——
"我只是活在一个人的梦中
可那人随时都会苏醒！"

楼 顶

楼顶没有人，打扫那里的灰尘
对于我们，那是天空的另一面

不能说，那里没有青草、指甲花和毒蛇
不能说那只是一块蛮荒之地

那里住着神灵，用风打扫乌云的投影
用雨冲洗阳光的碎金

寂静的墓园里有一大块地
上面积满灰尘，下面住着什么人

楼顶将凹陷的大地抬高三丈
熟睡的人群又被楼顶活活埋葬

老鼠和鹰不禁同时询问：天空下
楼顶究竟处于什么位置

是啊，不能再高了！我隔壁的老人
已经整整一年没有下楼

他在居室里老去，多么孤寂
他的道路将因此得到休眠

当眼睑将白昼合拢，夜色展开
一个赤裸的少女，趁机溜上楼顶

青草洁白的根须被幽灵抓住
我紧紧抱住她伸进梦里的长腿

没有光

这个世界最后一盏灯熄灭了
我们必须认识熄灯的人
他身体的小洞，通向幽微的睡眠
他竖立的胃，多少晚餐腐烂成灰

多少稻黍和人子，落入秋天的胃
当我们拐上一条羊肠小道
说着，笑着，突然扑倒在尘埃里

扑倒了也就消逝了
今夜的地底，幽灵攥紧洁白的草根
我相信，只要拔草的人一使劲
就能将他拖出地面。我们同时听见
草叶的断裂声：像在与死亡拔河

没有光，只有梦见，反复地梦见
一个人拦腰烂成两截
打铁铺的匠人，抡圆拳头锻打铁锤

没有光啊，爱情的双手推开玫瑰
今夜写成的诗歌，剪除了比喻——
如果活人都去沉睡，那就让死者醒来！

让死者醒来！让他们也染上失眠
让光赶赴法庭指证：老鼠、妓女和贼
还有诗人，他们的嗓子全部靠近黎明

星　空

旋转起来吧，不要犹疑
像舞女疯狂的腰身展开长裙

远处侧睡的群山，不远处失眠的河流
今夜承受了长裙重量的一半

另一半，轻轻遮在一个酒后的人身上
他倦卧在草地上，与我没有距离

噢，那黑色的长裙，它的旋转它的上升
我的晕眩，我的呕吐

这时，理应有一对洁白的长腿呈现
深爱她的人，也理应不止一个

还有我！可我从未爱过！在这可耻的年代
生活在长裙的阴影里，长夜变得可以忍受

根据星空我创造了一个少女供自己爱恋
虽然这不具备任何世俗意义上的乐趣

石头十四行

今夜，我要用十四行，把石头逐个唤醒
我离开了床榻，比黎明更早醒来

这就是我面对的夜：仿佛深入女神高傲的内心
仿佛深入到石头内部，阴暗，死寂

这儿，没有什么值得赞美和倾听
这儿，一个投奔梦想的少年，脚趾被大路踢破

移开石头，我要去到遥远的澳洲
在悉尼，石头们获得秩序

我手抚歌剧院的大壁，我一生失散的歌声住在里面
做了水的姐妹，大海的情人

我惊异于这寒冷的夜晚：石头
一颗颗凌空飞起，比挣断童年的风筝还要高

在新的命名里，它们脱离石头存在着，发光
并且照见下面的写作者。他灰暗的脸庞

奔　跑

不要说这是一场大规模的集体暴动
不要囚禁他们

不要说这是白云，而是浩荡的羊群
贴着高原奔跑

奔跑是命！他们不知道
谁奔在不幸的命里，他们不知道

当他撒开双腿，经过楼群和大野
它们也向他身后跑去

一个人的奔跑：先是少年，接着是青年
最后是一位老人

一生的奔跑好似人群的奔跑
——你不由感到一阵惊慌

当他们从时代的落伍者身边跑过
一个接着一个

比他们跑得更快的是风
而风远远落在了时间的身后

先驱是不是意味着
比时间跑得还快

玫瑰，或者献给恩雅

这不是波德莱尔的恶之花。她的花瓣
不是由堕落时代的裸体女郎构成的
糜烂生活；她赖以成长的
也不是岩石——一张阴暗的老人的脸

这是一个人的歌唱生涯——
两条洁白的根，泥土之下的结合部
即她的耻部；她疲惫的脸
隐藏在枝叶间休息

只剩一张红唇在尘世里
当她合上眼，当玫瑰微微张开
如果送上的，不是我们的唇
而是耳朵，你一定听到玫瑰的低语

你一定听到玫瑰的歌声——
春天已经过去，夏天正在过去
大地上孩童遍地，可爱情在哪里？

玫瑰！被晚风打落的玫瑰
夜露打湿的玫瑰
当我的双手扶上她的肩，我不能说
我不能说出这位女士的姓名

少年日记

那曾在河边哭泣的人
他现在怎样？

看看天，看看天边河流的方向
他在草地坐下，而流水不会

他撕碎的书信，又细细拼凑起来
阅读：一地的碎片，与爱情毫无差别

想想看，一个人独自在河边哭泣
接下来，将有什么危险的事情发生？

憧憬与抱负，苦难与忠诚
他突然想像鱼那样，躲入镜中生活

他这样想时，乌云立刻压上双肩——
这是大雨对河流的警告：千万别把流水与眼泪混淆

当流水落入众口，当他说出曾经的爱情
大河找到出口，从众人的眼睛涌出

夏日的洒水车

那街头出现的一位少女
她一边洒水,一边唱歌

除了歌,除了水,那贫穷的少女
再也拿不出珍贵的东西

她甚至拿不出乳汁。她还是个少女呀
这个早晨也没有什么值得她哺育的

只在灼热的阳光上面洒水
在干净的耳边唱歌

大气里,轻浮的尘埃也深沉起来
美丽的少女,在城市的花圃里

她更像一位园丁——
可当她的劳动经过一群少女时

她们一个个提起裙摆跳起来
仿佛虚假的花朵

哦,看清了,那少女驾着的是诗歌的大车
——当她在街头消失

我愿意像大车那样匍匐下来

穿过必经的生活和尘土

来到大海的上方
一边洒水，一边歌唱

一只耳朵

一只耳朵被市声堵住，为什么
不把另一只投放到更远的地方？

贫穷的兄弟，今夜星月转移
为什么不听听海上纯银的声响？

今夜的海，汇集了不同肤色的水
古代的水以及未来的水

今夜的海，找不到一张嘴是属于水的
为什么不听听海底沉默的原因？

那汇集了千万朵浪花的海
仿佛万头攒动的广场，仿佛一首诗

被众口反复朗诵
啊，不！今夜的海找不到一张嘴

它巨大的腹腔，蕴含着真理
我的充满忧虑的目光凝视着

贫穷的兄弟。他眼里的泪水
正经历着比黑夜更加漫长的噩梦

你看他那眼神

你看那孩子。谁叫你给他丝线
系住麻雀的灰趾
鸟飞，他往下扯。就这么简单
他把天空降到他身体以下的高度

他饱满的天庭，我们未来的天空
横亘着一道鲜红的伤疤
我们无法阻止他放肆地哭泣
无法逃避他随时扔下的暴雨

他在两面墙壁之间游走
说着我们羞于出口的话语
他暗暗地成长，连同他的伤疤
看准死亡的方向，他在后面追赶
直到我们全部进入坟场

他从窗口出发。手中的丝线系着灰趾
那麻雀呢？他还没有学会爱呀
他还是个孩子，他微笑着
你看他那眼神！

饶祖明

111

藏起一把刀

在没有敌手的地方
你手中的好刀柔弱、温驯
如衔于唇间的一叶长草

好刀不是在任何时候都锋芒毕露
在伸手不见五指的黑夜
它会忘记自己抄持在谁的手中
而将你误伤

刀在你手中如联袂兄弟
如何寻至敌手跟前
如何在五步之内将敌手击杀
让人想起拿破仑——
如果你的剑不够长
就向前猛跨一步！

但在跨最后一步之前
在真正对手现身之前
你有必要以刀鞘的面孔出现
刀锋深藏在内心

流　水

使水流动的，不是低，不是重量本身
而是风！那时间般的毅力

水甘愿向下流淌，也不愿停下
住进美丽的杯子，甚至烧红的铁锅

它们甚至不打算经过琐碎的生活
而听命于风的指引，从我们头顶掠过

像一只野鹤。一万只黑色的野鹤聚在一起
鹤群失去鹤的形状

远离尘嚣，它们伸出长长的足
在干净的草地上跳舞

在更干净的大海中央跳舞
惊醒千匹大浪的同时，把狂想的王惊醒

在流水的催促下，大浪归去。我们的王
饱饮他的铁马，回到人民中间

饶祖明

113

河 流

在河边散步，什么也不想
就这样走，一步步顺着河岸往下走
我就是潺潺的河流了

我身体的每一部分都是甘愿向下的水了
没有谁能够把我挽留或阻挡
有时真这样想，放弃身边的生活
追随河流去流浪

平静的水面漂浮着洁白的羽毛
在又弯又长的大路上，我持着它
在夜晚插上翅膀，或许
真能像一只鸟那样飞翔

从秋天到秋天，我走过一万里路途
早晨的少女在我身边蹲下
我要洗净她的双手，催她起身，宣誓——
一生一世，做美的女儿，爱的丫环

这样散步河边，想想河流越走越长
想想有的河流，一生也不曾见过海
我剩下的，就只有河流的心情了

旧公路

旧公路与一盘磁带有什么区别
它不停地转动，在我的期待中转动
我一直稳定在怀念的立场
与你不同，我感受到的不止是旋律
还有华彩乐章中的一辆大车——
橡胶与石子的摩擦，热情与时间的砥砺
一个小坑使四轮倾斜的刹那——
承受这巨大重量的，不止是轴
还有心

这样的时候，我怎能避开泪水
一颗焦灼的心，你要用音乐将它注满
不停地注满！或者让它搭上大车
在旧公路，要以怎样的速度奔跑
往事才会风一样扑面

这时我又怎能避开一场音乐
旧公路从原定的秩序中扯出来
静静偃卧在更静的山野
我的后面，是半生的尘，瞬间无影
前面：城、音乐大厅和少女合唱队
我怎能捂着双耳从不幸跑开

旧公路不再通向哪里

它消失在草丛中，走向更虚幻更真实的春天
我的爱人！你将时时归来，捧着鲜花，像一只蝴蝶，从草丛中走
来，走来
却永远不能到达

旧公路，唉！比它腐烂得更早的是一拨拨的旅人
比旅人离开更早的是他的爱情
而音乐比爱情还容易消逝。音乐啊
音乐赤着怀念与狂想的双脚
在雨中狂奔

火 堆

谁在高处燃起巨大的火堆
白色的灰烬纷纷落下来，覆在
冬天黝黑的脸上，使夜晚
比白天更白；使全城的人
瞎了灯依然找到旧日的情人

谁比高处的人还冷，他烧完了
大地的柴火，又把十指伸进火里
这比寒冷还痛的火堆呀
我相信了火焰的重量
足以将冬天的一端压低
——人们顺势滚进春天的怀抱

有时，冬天是暴力
而这个冬天使干柴变成火，使爱人
更像爱情本身！借着雪光
我看见一个病重的人，突然狂笑着
摸到阴冷的壁炉前
一边焚烧，一边哭泣

在叙述冬天的时候，我一直
梦想着少年的草地
两堆裸体的篝火，纠缠着相拥着上升
木马呀，什么使火焰陷入最后的绝境

饶祖明

117

两堆篝火，一旦熄灭，就永远熄灭
他们安静地坐在雪地上，徒然
捱到天明

夜行火车

别以为天黑以后谁都会想回家
譬如诗人。他今天能给乡村带去什么
无论是星粒、灯，还是一条好消息

我因此恳求火车不要出发
它停下，这座城就有理由留我一宿
但它还是开动了，绝对，准时

向漆黑的乡村深入
像一道秘密的圣旨
谁都无法将它阻挡！包括卧轨者
火车已经碾过了不怕牺牲的人

这暴力的机器！撕开空气又把风合拢
与我的心愿相向而行
这倒退的钢铁，黑夜里寒冷无比
让我怀疑，它是否来自热烈的熔炉

夜行火车穿过乡村的睡眠
像从北到南的梦，穿过人群的头颅
我熟悉乡村的夜晚
当蛐蛐停止鼓瑟，婴儿含乳啼哭
远居乡村的爱人
被一列长长的噩梦惊醒

饶祖明

119

眺　望

（一）

别以为那些山峦是静止的
我应该懂得耸峙，以及它所必须到达的高度
然而我是艰难的，时间被一只手扳住
有限的生命，只能看见它肖然不动的一瞬
其实它缓慢推移，一层层地
仿佛迟疑的波涛

而最近，那只手逐渐松懈
群山以浪的速度向我逼来
多壮观的一座大浪移至跟前，我不避开
我得让不幸和灾难高挂

夏日的大野！唉，我怎能阻止双脚的沦陷
大路上的奔跑如履薄冰
这么多年了，我是悲哀的
我总把群山和大海区分开来，把短短的生命挥霍
体内携带的骄傲，把我降到吟唱的高度
比死亡略高，但永远比飞翔低！

（二）

清晨我去到山顶，把远方的大海眺望
像年轻的盲人展开经年的蓝绸

这是一片怎样的海
柔美的波涛，是有少女在下面倦卧
还是等待？
六点钟，太阳出来了
一匹蓝绸慢慢靠近火
这是一片怎样的海呀？尘埃全部熄灭
辽阔但不空虚，激动但不喧哗
大火过后，绸缎仍然是蓝色的绸缎
熊熊燃烧的少女的爱情，不留一撮灰烬

（三）

在伤口堆放盐，在不幸之上堆放泪水
一颗忧悒的心落满尘埃——大海呀

如果生命是尘土做的
请把我清洗！直到剩下血，骨头
生命剩下灵魂，灵魂剩下爱
碧蓝的海水里，如果一缕缕的血丝也是尘土做的
大海呀，请把我接纳！我就是海的一份子

我就是苦命的海了
不要船只，不要往事
平静的海面上，已经发生的一切
仿佛从未发生

请把我一生走过的道路竖起来

我一生的行走都是为了靠近你！夫人
当我老了，请把我一生走过的道路
拉直，竖起来———
你居住的城就是天堂了

你就是天堂里的仙女了。夫人
如今我已无法描绘你的鼻，也无从打听
你的下落。我的一生都在把路走弯
如果道路向下，你已把我打入十八层地狱
如果道路向上，为什么我不能靠近你

一路上我乘坐的车船，住过的客栈
吃下的稻黍和做过的美梦
他们每次都收取了我的金币。夫人
我做这一切，都只为看你一眼，就一眼！你算算看
如果嫁给我，我说是你少女时嫁给了我
我们是不是天底下
最富有的人！

可现在，我还稳定在原地仰面痛哭
夫人，是不是你根本就不存在
还是我已经不会爱了——
沉默的天空传来滚滚回音——
"这头驴，这头只会在原地打转的驴！"

暴雨交响曲

这不是事先通知的集体劳动
无数笤帚荡涤大气里的尘埃
无数铁钎夯击着岩石溅起湿漉漉的火花

这急骤的暴雨，仿佛彻底的革命
把这个时代的浮华一一清洗
直到大地交出冤魂，过去的脸在大气里浮现

这行动着的怀念比怀念更高，充满快速的力量
浩大的声势，传给我神灵醉后的喧哗
在这个地面逐渐凹下去的中午
一位少女在雨中奔跑，欢快的乳房颤抖着

暴雨啊，这里没有什么可以打湿的……
爱情早已诞生！只是哺育爱情的乳汁尚未形成！
暴雨把一颗颅骨安放在大路上
这绊倒少女的骨头，拉高她撕心的哭泣

"这爱我的，饿着肚子爱我的人
如今他的眼里盛满了泥土
昨天，他还为我流下了滚烫的泪水
而今天，我还没有诞生……"

饶祖明

两只鸟

阳光里的两只鸟，一前一后
空气里的道路迅速张开，又迅速合拢

宽广的天空，两只孤单的鸟
一雌一雄，他们没有孩子——

他们从不在肮脏的羊圈过夜
天空也没有为他们准备婚床

两只鸟，只把影子投在树冠和屋顶
独自在天空飞翔

他们越飞越高，越飞越远
直到消失，直到成为空气的一部分

我们吸进肺里的有两只鸟
我们忧伤的歌声里有两只鸟

啊不！其实是一只鸟，那后面一只
好似飞翔的石头——

他没有翅膀！但他怎么会是石头呢
他的内心有烈火，口中有祝福

那鸟领着他飞过了千山万水
但他保持着纯洁的距离——

爱人啊，这怎能将你伤害
你要为那个打鸟者的臭技艺，热烈鼓掌

饶祖明

只是不在现场

当我老了，灯光昏暗，两眼浑浊
我素未谋面的儿子，你睡吧
我们彼此的等待如此奢侈

为了你，我曾使用无数次的婚姻
也曾遍访乡村和每一座城市
探寻你的踪迹

我素未谋面的儿子，你一定存在
只是不在现场。包括学校，大会主席台
你也从不混迹于市井
战场和凶案现场也了无你的足迹

但你一定存在。你手指纤长，虽然不会弹奏竖琴
但为了心爱的女孩
你为她运去几卡车的沉香木和钢铁

这还不够，你甚至为她在富含铁矿石的山脉
培育了森林

你在晨光里枕着鸟鸣休息
我在早晨的床单上，描绘你的肖像

献 诗

——给普希金，给丹特士的孙女

这不是事先通知的集体劳动
无数扫帚荡涤大气里的尘埃
无数铁钎夯击着岩石，溅起湿漉漉的火花

这急骤的暴雨，仿佛彻底的革命
把这个时代的浮华——清洗
直到大地交出冤魂
直到死者交出他贴身内衣里深藏的
爱情书札

这行动着的怀念，比怀念更高
在这个地面逐渐凹下去的中午
一个少女在雨中奔跑，她欢快的乳房颤抖着
暴雨啊，这里没有什么可以打湿的——
爱情早已诞生！而哺育爱情的乳汁尚未形成！

暴雨把一颗颅骨安放在大路上
这绊倒少女的骨头，她撕心的哭泣
仿佛传自下一个时代——

"这爱我的，饿着肚子爱我的
如今他的眼里盛满了泥土
昨天他还为我流下了滚烫的泪水
而昨天，我还没有诞生……"

另外的河流

我惊异于这样的春天：妹妹
雨粘着尘反复把我的肩打湿
它絮絮叨叨地还要去把河流打湿
从头到脚，荒唐的春天把自己弄湿

而被你折取的，是这个春天唯一不湿的心
呵我的妹妹，春天来了
几点碎花怎能抑制你的美
河水涨上来。临河而居的妹妹
我能为你做的，就是把泪噙住
直到雨季远去

我惊异于手中逐渐形成的河流：春水
把空中的树细细揉碎在脚下
宽阔的水面，桥是断桥，船是淘金船
没有一条横渡的小舟优游
岸上那个蔑视黄金的人，就这样
怀抱幸福的碎片度过春天

我为之惊异的河流！失却泪水依旧滔滔
像一首失传已久的渔歌，我将用许多个春天
怀念一个春天；像每滴水
为胸口一条船，可以撕开完美的皮肤

感激呀！我再次被允许回到春天

流水打湿鞋袜，照见我衰老不堪的容颜
呵妹妹！我还有什么资格为你歌唱
河水继续漫上来，像音乐所能做到的
将漂泊的人淹没

倾 听

在夜晚，河流的涌动将变得更加盲目
我说，给它一盏灯吧。但我不说
我保持了倾听的姿势

河流！站在山冈我曾看你把路走弯走长
仿佛大革命前夜怕死的灵魂
一条河流，如果它恐惧，如果它蜷曲起身躯
啊，如果，如果
但你仍然不是我的大海

在海边，我想河流是一道闪电
从天空那么高的地方下来
在尖尖的海岬，借着熹微的星光
我看见一个奔跑中的疯子
他大声嚷嚷，把人类的神像扳倒又扶起——

河流啊，如果有多少石块被你散落在地
风尘中就有多少张脸，与我相逢之后破碎

一滴雨

当阴影栖息你的头顶，三日不去
并在你的内心投下另一重阴影
可以肯定，在未知的高度，在灿烂的
乌云背上，有人坐在天堂的门槛上哭泣

灵魂的泪水，打在黑色屋顶上
更多的打在岩石和水上，但有一滴
直接打在一颗颅骨上。那灵魂的屋宇
如今已成一片废墟

一滴雨，要以怎样的力量打在头上
才能惊动里面的一位少女，才能惊跑
百年之后，穴居在头颅里的百脚虫

诶，谁说着这困惑，一滴雨迅速将他抛弃
它成为独立的，它的形状
它的热量，它的速度，成为它的
彻底摆脱了忧伤的人，它是快乐的

一滴雨走在天空的路上
迅速张开又顷刻合拢的道路，成为秘密的
一滴雨带走了咸涩和尘埃
那哭泣的人，内心变得一片干净

高　山

沉重的头颅，没有谁能够把它抬起
怀中娇小的情人不能，昨天的爱是深渊
而书籍让人耽于阅读，所以书籍也不能

高山！用静止引导众人向上的高山
突然我明白了曾走过的路——
平坦的大道，奔跑只能加速死亡
现在，我同样感到风，从头顶吹下来
仿佛吹自天庭。那儿，没有坟墓

确实，再也没有什么能让我们下跪的！
疾病不能，帝王更不能
高山！使我用手走路的高山
高高的绝壁，爬行就是骄傲的站立

此时，我想到了登山，这种被越来越多的人
所喜爱的体育运动。他们坐在山顶
说：攀登是危险的，而更危险的是后退

早晨或者黄昏，太阳在高山燃烧
照耀丰满的存在，生活以及理想
高山啊，我突然感到一只强劲的大手
一把将我抓住，撒向辽阔的祖国

有一个梦在梦着我们

只要给我一束光，一夜之间
我就能在乱草丛中建起一座城
通过秘密的道路，往黑暗的身体里
搬运水泥、砖块，还有三两棵树苗
首先砌好报社大楼，供全城的说谎者居住

如你所见，一切都建造在睡眠中
公园里的几块石头代替了走兽的群山
在牢狱放几册识字课本代替书房
河流穿城而过。而从我身边经过的人
面容模糊，仿佛他们根本就不存在

仿佛大雾突袭了清晨，万物处在大梦中
整夜失眠的人在遗忘——
人们把城的名字写满街巷：商店里
毛毯写上"毛毯"，避孕套写上"避孕套"
一位少年的背上写着："我是我初恋的情人！"

如此孤独又如此荒诞
当我给她写信，吸水笔立刻被堵塞
像一具童尸堵住上帝的咽喉
邮局也忙着运走成吨的白纸

这是一个梦在梦着我们：在建国路

有人乞讨，有人围观，有人倒在血泊中
我们当中的一位将被确定为凶手
那么好吧，就让我代替他去逃亡
——当我闪进死胡同，我的辩护律师却扼住我的脖子
感谢另一个我啊，从床榻及时苏醒
在青草簇拥的村庄流下幸福的泪水

上升，或者消失

积雪和阳光——两个相反的力
使雪峰静止在空中

像一只白天鹅，与生活保持着
骄傲的距离

这已经错了！一个人还把道路竖起来
他要去到巅峰建造他的宫殿

他开始推着巨石出发
那闪耀于头顶的雪峰，难以接近

雪峰之下，羊群浩荡，牧草千里
雪峰：是多余的

大地已经减轻到人烟稀少
他从黑漆漆的云层探出头来——

这高处的祖国啊，怎能安置他一生的努力
当我们听见巨石滚下深渊

仿佛雷声滚过倾斜的天空
他抛洒的泪水成为一场大雨纷飞

理想和抱负，希望与憧憬
生活中消失的，必将在巅峰之上重现！

饶祖明

135

聂迪（1972— ）

江西赣县人。有诗
歌、评论、散文等见诸各
报刊，出版诗集《重写一
条河流》。

双迪

河　流

"睡梦中的河流也会醒来"
当我写下却不能说出，我只是在进入
一个雨夜的内部
三年前的一别，我还是那阵风中的人？

"如果……"当我这样假设
多少颗落日已沉入河底
和鱼儿、沙砾以及两卡车的淤泥一起
生活。第二天水面上的粼光
不过是时间的散章

"我仅仅身处异乡。"我面对这条河流
避重就轻。是乘船飞渡
还是摸着石头过河？
——如果我的自语升入云层
难道真的比头顶更高？

"我们可以把河水引入街心花园
制作几座喷泉。"我的沉吟
多么轻巧而这轻巧的沉吟
却将黑暗中对话衔接下去——

"一条河流的秘密即一个瞎子的秘密。"
"我回到此地用河水洗脸
但只能用心跳触摸不尽的涛声。"

聂迪

护城河边踱步

河水静静的，如同黄昏沉思的表情
连乌鸦也感到疲惫，无所事事

落日将落。我和一个人的交谈已无话可说
唯有醉心于自身的表达

"我什么都没看见，我什么都没说……"
这位著名的疯子多么自由、眼中无人

目光所及：三三两两的人群、烟囱、垃圾场
河中的挖沙船已停止轰鸣

——"这些时代的盲从者
难道他们能将一个王朝闹醒？"

——我来到河边，日复一日
难道又能将河水挽留？

而夜风是空荡的，带着些许腥气
拂过旧时折叠的纸梯

就像生活，保持必要的高度留下崇敬
就像我，从此处出发，又回到这里

重写一条河流

一年前，我曾为一条河流
命名。我把它叫做秘密之所
并通过一个瞎子来发现

今天，我重新打开这条河流
诗篇中河流，藏着鱼和沙的河流
它是否淹没了我过往的岁月？

一年后，或者多年后，比如晚年时光
我蓦然回首：一条河流
究竟是怎样把我从那里带到这里

聂迪

141

无 题

给我一脉山就够了，远山，
有斜晖几道，晚风三缕
还有你，背着桑篓从山脚回家

要不，再给我一抹水
水中，有鱼儿两条，有涟漪几个
还有赤脚的你，在水边浣衣

如此，我就生活在盛唐了
如此，我的幸福就等同于赶考的书生

致——

让我们打开，把真实的诗章打开
让阅读远离虚构的生活。夕晖下
我们静候晕眩的晚风
——生命的热望需要吹，再吹

那次江边散步，两个漆黑的人
肩上落满黄金的灰尘
两个过客！在异乡的水声里
不动声色——

"生活教会了我们遗忘，而诗歌
却叫我们无尽怀想……"
果真是前生的罪孽太重
令我们在一张白纸上从头写到尾

最后成了一堆纸屑？看吧：
又一颗流星坠地，化为灰烬
就如我们每天所经历的
正一步步走向徒然的终结

"啊，一个瞎子在抬首仰望……"
他发现了什么？难道他看见了我们
眼眶里噙着泪水——
因为还爱着，所以暂时没有掉落

聂迪

143

他梦见……

他梦见自己在梦。有时候落花逆着流水
重新成了蓓蕾；有时候低笑被压回到喉咙口；有时候
掉在泥上的汗再次攒在手心里，一会儿圆的，
一会儿变成了更多粒。

他梦见在飞，然后跌落。在半空中，他
张大了嘴，大口地喘。他不满意想换一个梦。
但是南方的灌木丛，枝叶全部是湿的，
后半夜，露水曾经黏在他和鸣儿的衣摆上。

回乡路上

他自己是乌有，因此看到
不存在的乌有和存在的乌有

——史蒂文斯

嘘——现在需要绝对的静
如果我仍对自己说："爱
是枉然……那么，我将出发"

这场夜雨加深了冬天的意境
河滩上的石子也陷入沉默
悄然注视这个涉水的瞎子

再赴一次木马之约。预料中的
失败日趋逼近
难道有什么能将这奔腾的水流阻挡？

水涨船高。还有在不断增高的
战栗、梦和内心的虚弱
雨声之外，是我秘密的故乡？

多年前，我曾在同样的夜雨中奔走
——"我日夜操劳，不畏苦寒

可终点总是遥遥无期"

而今夜，我向故乡越走越近
我却听见异样的歌声：
"无限眷恋之所

从来没有。就像慷慨之赠
只会让幸福之感消失"
——呵，一个人的灵魂永不抵达

黎 明

光与影。冷与热。
倾斜的雨水递出了黑夜之书。

石头的耳朵，沙砾的呼吸，
惊悚于落叶的潮湿。
在离飞雪三百码的角落，
一个人聆听了一个词语的教诲。

难道他敢说——
"我用我粗糙的手……"
难道敢听从流水的劝告
金盆洗手，洗掉冰层下的疼？

聂迪

我和你们

我和你们究竟有什么不同？或者说
假设飞翔的蝴蝶是幸福的，而
雨点落在它的羽翼，幸福是不是加重了分量？
对一只雨蝶询问是不入流的
同样，一定要在我和你们之间划条线
有一点点缺乏慎重
我热衷于品尝生活的番茄酱
偶尔加些糖和盐
你，还有你们，醉心于白纸黑字的雕琢
我写下了那么不朽的诗作
你们从未看见
我编造的美丽诺言
你们却——将其还原……

散章：大海

1

八年前或者更远一些的时间
我曾写下它。那时我青春年少意气风发
不知道天高地厚，海阔天空
每日在噩梦中安睡，醒来后对天说话

如今……去者已去，斯者苟活
一条飞鱼梦见了岛屿、祝颂和晕眩
时光的利刃消除了一切
却还留下黑暗中依然清晰的涛声
一阵阵袭过静静的夜

内心的高峰与低谷在涌动
血管里的液体锈迹斑斑

2

暮春。海风吹送着平安的献词
同时也带来了叶尖上的第一滴绿
生活中的最美！要把尘埃逼回海底
要把勇气押上水的祭坛！

而初夏的腥热渐渐蔓延

我们还能坚守住去年的秘密？

3

大海啊大海，诗篇中的喜玛拉雅
"三万年前的雪注入此处
中途接纳了沙土和星粒……"

当杜鹃亮出沙哑的歌喉
当骄傲的北斗引领我们仰望
当这位疯子俯拾起遍地露珠

哦，我也翻到这一面，念出——
"旅程才刚刚开始！"

4

"二十八岁了……"多年来我在哪里
难道一直在路上，在不停地奔走，操劳
杞人忧天！进行着海底捞针的工作？

海的深我从来没有真正地探寻
至多只是纸上谈海，不知疲倦地
读一些海外奇谈，然后张着臭嘴
喋喋不休：我的大海

这样。那样。要么夸下海口

5

秋天亮了。夕光下的海滩
散步像心跳一样缓慢

冬天落了。月圆之夜的心情
如同凋零一地的梅花

6

多年前的大海是什么样子
是更狂乱还是更静寂?

但大海没能挽留住岁月
生没能挽留住死

（我以为抱紧一个人就得到了爱
仿佛写下"大海"两个字就理解了大海）

——"海曾使我热泪盈眶
因此无法窥见其间的寒冷"

未寄出的短札

好。天渐渐地凉了
静静的光影缠绕住灰尘
让这个下午显得扑朔迷离。

我该把书轻轻地放回书橱。
该死的二十九页，长久以来
我一直不敢翻过它——

心灵的契约在某时某地签下
每一条博尔赫斯的街角
我都在等待被确定。

时间将记忆的流水冲淡
而生活的鼓点只会越来越慢
怀想的书写也愈发力不从心。

我们有着共同的疾病：总是
担惊受怕。任何一回张望
所带来的是更虚无的可能。

因为我珍藏起一块沉默的废铁
所以世界少了一些宿命的锈迹。
哪里有借口？哪里有躲避和拒绝？

你啊，还为那个秘密的夜晚不停痛哭？

我却身陷噩梦中

对上个世纪的愤恨说着抱歉。

雪 歌

1

梦见一场雪，梦见一场燃烧
梦见泪水结成冰
梦见邻居早起，这个男人
他的悲伤拒绝融化

2

三年前的某个清晨
圆月回到山中。黎明的微光
将多少昨夜埋藏！
那天，有没有雪
或者说，那天有没有人听见
雪中的一声叹息？

3

在雪的深处，我曾吮吸过
你温暖的呼吸。我重归前生
成了飞雪中牙牙学语的婴儿

4

我是如此执着地说出一场雪

冷冷的雪，舌尖上的雪
镜子中的雪，风花雪月的雪
烈焰锻造沉入水中的雪

5

独自接纳一场雪
独自承受一个天才的隐喻
我将咬紧雪的牙关

6

从故乡出发的雪，天堂的雪
是否还拥有悔恨？

7

雪野里，一颗梅蕾紧握拳头
她要把暴力之雪击碎
她要把幸福分割、组合
她要重新焊接生活的木屑

8

一场有限的雪怎样穿越
无限，在异地的村庄歌唱？
又怎样收拾行装
抵达热血中寂静的新家？

聂迪

9

我不幸目睹了一场来世的痛哭
万幸的是我早已是个瞎子

10

如果雪地也在思考，跟我这样
不可想象：一个聋子的耳朵竖起
是要将薄雪挑破
还是自取尴尬，成为积雪中的摆设？

黄 昏

落日下的山峦多么无知无畏——
我，还有你，一样的
拥有这广阔的静寂。我们
不约而同地回想起去年
春天潮湿的暮色包裹住
篱笆、松针和石阶上的青苔，
甜蜜的爱情随着山岚流动
几乎碰响肋骨里的大提琴。
弹奏吧，如果河流停留片刻
如果清风吹不动前世的许诺
你，还有我，盯紧初升的新月
看它怎样惊落枝头的露珠。

聂迪

157

对一场雪的部分想法

请我们的语文老师把这场雪描述下来
要尽量用上隐喻、抑扬、反讽，要美。
请几何老师拿三角板和圆规
将雪的直径和高度测量。
请历史老师讲解一下雪的社会史
从"一百万年前"开始。
请化学老师配平雪的方程式
并且说明它与空气和岩石发生的反应。
请数学老师计算雪的准确行程
最好用简便方法。
请物理老师谈谈雪会变成什么
质量守恒定律需不需要纠正。
请政治老师辨析雪落的方式对不对
它们有没有违反法律。
请音、体、美老师
唱的唱，跑的跑，画的画。
还有你们——英语老师
你们，给我把这场雪翻译出来！

剩下我——学校的锅炉工
我没事做，只好给雪面上
加点煤，给白上加点黑。

白素贞寄许仙

锦书不寄——
都化为了秋风里的灰烬；
惊鸿无影——
且管他关山几重！
谁在梦里他乡
说了些无足轻重的话：
前世，你我是那
屋檐下躲雨的蝴蝶，
今生，你不再叫梁山伯
我也不愿取名祝英台。

祈祷书

如果他是个幸福的人
请赐给他更多的幸福吧。
前世，他在江之西
偷听落叶与河水的交谈
内心常怀湿润和歉疚。
今生，他继续着往日的感动
偶尔像哑巴一样说话。
多么不容易啊，他是个
有爱的人，并懂得珍藏。
所以，如果他的幸福足够多
那也不妨再加上一层。
（所以，如果谁拿走他的全部幸福
他的幸福还有足够多）

与时光书

我希望我爱上你
——这从未开始过的
自然也没有结束。

我会爱上你庇护着的林荫道
暗夜，踮起脚尖
从沾满月光的香樟叶下
无声走过，保留内心的赞美。

我还会爱上你怀里的桃江河
爱上水中暧昧的泡沫
爱上宽广的河床
和比河床更广阔的世界。

这个人，他用河水清洗
满身的臭汗、尘灰
空气中弥漫着樟籽的香味。
而我，借着残剩的一点气力
抓住你的手，努力着想
辨清命运那张模糊的脸。

聂迪

秋风书（一）

秋风！你怎么能这么简单地
把草垛和薄汗一起交出？

在空空荡荡的秋风中
他抓住了一颗叶尖滚落的露珠。

秋风！你怎么能这么简单地
现出了原形？

一个风中活着的人
他衣褶中的黑暗遮住了夜色！

秋风书（二）

拿出这朵冰中的火
然后把它抱紧。
拿出这团秋天里的风
然后背在背上。
前三十二年
我每天怀抱着恐惧。
接下来的三十二年或者更长
我是在路上狂奔
还是在某个风口等待？

聂
迪

一 年

旧的一年还未来得及水落石出，
是否来年的河水已蓄势暗涨？
——当我把目光投向脚印零乱的
薄霜，啊，看见了：
12月7日，海水回到了一粒盐；
9月27日，在略低于天空的7楼顶层
风吹动一个人的愤怒——
如何才能运送这些无畏的勇气
将生活的秩序打乱一些；
9月9日，月光和露水互相照亮
我的手，粗糙，有一点微温
但压不住一匹丝绸的光滑与冷。

写下一年的总结，还须提到：
10月2日，落日暗红的面庞
把这张脸衬得更黑些，
而一封困在冬夜的短札
信笺上已了无一字。

理想之书

从此，我就是那个目不识丁的人
缄默，沉着，不习惯倾诉
偶尔早起，整理些旧书信
给院里新插的薯藤浇水
然后极目远眺——
青山轮廓分明，四季更加有序。
从此，在每个适合抒情的下午来临之前
不会于午寐中遇见小盐
更不会醒来后摸到湿湿的胸口
——以为是她留下的泪水。

聂
迪

七 夕

给他一个名字：梁山伯
给她一个名字：祝英台
他们前世在雨檐下相遇
今生双双化成了蝴蝶。
给他一个名字：贾宝玉
给她一个名字：林黛玉
他们在梦里相会，但不结婚。
给他一个名字：牛郎
给她一个名字：织女
他偷窥了仙女们洗澡
两人生下了一儿一女。

刚刚收到小盐的短笺
说今夕是七夕。我踱到庭院里
抬头只见银河浩荡
一弯弦月映照着辽阔的祖国。

早起的四行

有些司空见惯的凉意，有些迷离的真实感
春风无限！（怎么就不是秋风？）
在清澄的鱼肚白里，我喊你：喂喂喂，
而你在俗世里，听不见。

如何界定……

——顺带写给小盐

如何界定好与坏？
如何界定一个有酒窝的家伙的好与坏？
关键是她只在左脸有一个酒窝，
关键是这么一个小酒窝有时候还显得有点
深。

昨天她因为天气耍着臭脾气
今天，有人表扬了她的酒窝
她有了点羞涩的狂喜。

春日五行

你，要恨就恨它个海枯石烂水落石出吧
要不就石破天惊玉石俱焚。

这个春天，雾霭低垂；油菜花，落日，
以及我体内逐渐长大的一头小兽，
整个南方，爱和仇一样暧昧。

我看见你

你把鸩饮下，再将瓷杯洗净
你把银簪插好，理了理额角的碎发
你把多余的话掖进衣袖，不再开口

那日，你安置好自己的前世
五百年后，在我怀里的祖国
清澈、阔大，和无比的甜蜜

"让恨……"

"让恨止于恨，如同
□□止于□□……"
这一日，他从南坡登上山巅
看略黑的云写下这两句。
时在初春，微雨欲降
他，以及松枝、薏苡和小麻雀
均无处也不准备躲闪。他们
都是些胸襟广大的物体
深谙中庸之道和以静制动。
同一日，夜半，明月梦见了后世的模样
恨的模样，爱的模样。

赐给你……

赐给你一座桥，在此忽略她的名字
赐给你穿桥而过的风，你正好可以和风一起飞。
赐给你城中的灯火
阑珊而静默。
赐给你一双小小乳房，坚实有力
只够我盈盈一握。
赐给你猝然的情欲
犹如桥下的河水暗流激涌。

我不是神
其实无法随意翻动命运之书。

师 父

你不是唐三藏
徒儿自然也就不敢妄称悟空

可是师父，
我要深情地喊你
好深的深
哎呀师父
我还是有点紧张
好紧好紧

春风词

我要把十年前的雪粒收藏起来。春风说：不。
我要把你凌晨三点的窃笑收藏起来。春风说：不。
我要把余生的浩劫收藏起来，
把冰，把火，把光，把影，
把担当、痛、远、死去、活来收藏起来。

春风说：不。
春风一度，万水千山。

墓志铭

终于可以孤单了。
终于完成了生离死别的仪式。
灵魂回归泥土
和身体更加水乳交融。
今生，我饱尝了爱、恨、
聚散、惊喜和绝望
跟你们相濡以沫
最后是相忘江湖，和尘世。
来生，我不想更少
也不想更多。

聂
迪

175

林莉（1973— ）

江西上饶县人。曾参加诗刊社第24届『青春诗会』，就读鲁迅文学院第10届中青年高级研修班。中国作家协会会员。诗集《在尘埃之上》入选『21世纪文学之星丛书』（2010年卷）。

林莉

星

昨夜
一群乌鸦在柿子树上停止了聒噪
隔壁失足落水的算命瞎子
被装进了棺木　钉上钉子
我们躲在门后，又好奇又恐惧
气氛渐渐凝重
纸灰在火中升起黑色烟柱
他的女人跪身而起
弓着腰越过屋角的蛛网
一个惨白的影子

门闩拨开，在突然打开的光线中
我们看见，门缝上
一颗星睡在苍穹里
孤独而璀璨
记不清从什么时候开始
我们就在一无所知地
向它靠近

这正是我们所惧服的
在我们最初的生命经验里
死亡的暴力以及万物的更迭
常常隐隐折射一束寒光
不带一点声响

林莉

179

克鲁伦河

流水变得迟疑
从峡谷里涌出来，一些波纹重叠着
和我心里的皱褶等同

傍晚，有人
在岸边走动，那是一支弘吉拉部落
匆匆地赶着逝者之路
　很久以后，我才听见那些踢踏的脚步声
与水的回响纠缠在一起，继而消失

我凝视河面，寻找一个倒影
又一个倒影，从那里可以看见斑驳的往事
以及近年来发生过的遭遇和问题
是一场占卜玩牌，"把好手气都输光了"
是另一种游牧生活，"转场的途中数次撞上了暴风雪"
又是某一年，在大街上抵到腰部的匕首

此刻，克鲁伦河像静伺多年的一把快刀
霍霍出鞘，当我停息、观望，万物画出休止符号
用不了多久，在黝黯的水底
带电的皮毛，肉体上的破绽，就会露出迹象

所有星星的碎片
一段放浪形骸的生平有待销毁。

我还没有开始写一首关于海的诗

所有人都会比我更早抵达。好资源都被
挥霍了。潮水上的寄居蟹以及沙蛤
风在沙上建造，把眼泪藏在浪的犁沟
我想起那些意外的入侵者，带着一个大大的布袋
他们要从中带走什么，往自己的生平添油加醋
"我看见过了大海，我领取了大海之上
夕阳那么大的勋章"

其实，应该还有别的寓意，海边
晒盐人忙着将苦咸的生活结晶，赶早市的渔妇
为争抢不到鱼货而哭嚎，七八只红嘴鸥
朝蔚蓝的水面撒鸟粪，每一个傍晚都充满了鱼腥味
我更慑服这粗俗咸腥的修辞，寄居蟹在浪峰上颤抖
一面水银镜子里的世界翻涌着、爆炸着
感谢大海痛下狠手，在无数失衡、垮塌的瞬间
一块布满蜂窝的礁石，替我保持着悲伤中的质疑和敬意
湿漉漉的灵魂上盘踞着淤泥和轻雷

之后
大海和大海较量，我和我自己赛跑
庶民的船桅、王的船桅在滚动，驾驭着无名的一切
六大板块的狂流弯曲、拉直，咆哮着又即将静止
那退潮后空旷的海面，万籁俱寂的
眠床上，一只沙蛤的贝壳上

林莉

雕琢着时间精准的刻度，那里孕育着种种新的命运和九个太阳的喘息。

对 岸

风并没有把铁皮货轮推动
它泊在水里，仿佛已经地老天荒
远方来客，蒙面，拎着藤条箱
从它右边的拐弯处消失

它锈蚀的嘴唇，铁质的倒影
不会再向你说出痛苦

如果你隔岸远眺它
如果你突然泪涌
如果你像它孑然孤立在风中
如果它是你遗忘在尘世深处的一只旧鞋
如果它还从未向你告别，就用尽了一生

你是否会甘于受用
这生活赐予的哑巴亏，爱上
这一切不存在的存在，你是否会
在风中默哀，回忆

对岸，杂树生花，忽逢桃林和闪电
命运的时针在落日的罗盘里战栗

歌

孤独在唱歌

铁匠铺也打烊了，沉默的铁在唱歌

我们的祖母在厨房烤甜饼，她多年前就已远行

土豆和搪瓷碗在唱歌

我们风一样穿过老街，身体里

鼓胀的小河在唱歌

我们都没有占卜到其中哪些人

要早早缺席，向整个世界说抱歉

闭合的眼帘在唱歌

那是在三月，老旧的村庄裹着油菜花蜜

雾从我们的裂缝里散开

一匹湿漉漉的麻布在唱歌

离去的人再也不会回来

屋檐下空烟壳在唱歌

在他们年轻的脚步和石板的青苔之间

血肉以及泪滴在唱歌

风就在那时穿透一垄垄萝卜秧苗

一次绿油油的死？

一对绿油油的翅膀？

我们知道我们遭遇了什么

现在，是绿油油的词语在唱歌

它们停在时间透明的眠床中

生殖的腥味，心灵疼痛着的一部分

所有命运的种种可能和裂变

都通向这里

远　方

现在，火车向西了
明日子夜即同孩子抵乡
寥寥数语中
时空已然转换，动荡的迁徙开始
车窗外，漆黑夜幕，大地沉寂

这些年
风吹走了太多的东西
又地震了
又隧道塌方了
两个月的婴儿在家中熟睡被偷走
在不断的新闻播报中
那么多人
再也回不了故乡

想想我的这半生
在一个叫某某镇的弹丸之地虚度
信任过无名氏，遥远的蒙面侠客
"他日，誓必骑快马携君千山去"
也曾顽固地一次次梦见一座天空之城
那里，大海碧波暗涌
居住着年轻的银行职员萨姆

记得十年前，狠狠赌咒

林莉

185

"我要去远方，踏上江边停泊已久的船"
今至多事之秋
飞机坠毁，工厂粉尘爆炸
邻居夫妻反目，动了刀子
而吾双亲垂垂老矣，小儿尚年稚
哦，梦想的风声在减弱
生活在塌陷，崩盘
路，消失了……

就像格拉丝说过的
"你过的是什么样的生活
吃饭，散步，做梦
都在四分之一英里的范围内
就像绑在木桩上的一条狗"

昨夜，从微凉的醉意中惊醒
屋顶一轮下弦月模糊而陌生
淡淡的光圈
越走越慢，越慢越远
我知道，一枚被命运啃坏的果核
还没有被时间吐出
但一切都提前结束了

孤独与爱

我将不与谁为敌，要知道我拥有
一个省份五条河流那么辽阔的孤独和爱
从南到北它们分别叫：赣江、抚河
信江、鄱江和修水，在漫长的奔流中
我享有它们手心里的村庄和牛羊，还有脚下
红色和黄色的沃土以及胸脯之上的
罗宵山、武夷山、庐山、黄岗山

我将永不与谁为敌，紧挨着五条河流
我不止一次看见九月的原野被带刺苍耳
覆盖，被滔滔江河暗暗滋养、温润

我终将会写下如此赞美：像天堂一样
而我仍不会有什么话要对谁说
我孤独着一个省份五条河流的孤独
我爱着一个省份五条河流的爱

林莉

写给春天的信件

我得承认我获得过春天之心
在一座无人光顾的春天古堡
一群青鸟绕着行道树低飞
我注意到那些树身上
还围匝着去年冬天的稻草绳
有一条红壤机耕道从雾中
露出了情欲的腰肢
绿色的邮车第一道车辙，逝去的消息
心上那骨碌碌滚动的石头
还有什么是陈旧的死去的？

如果你没有抚摸过波浪

不要怀疑，任何浪尖上的事物都是易碎品
我还没有允许自己拿一颗心换取那一闪即逝的欢愉
在人世这座更大的海洋中，一个人和一朵浪花具有
相同的命运，被推高又被狠狠地砸碎在地上
我只信任这永恒的春天，戴着善良的面具
荒草之根涌出绿色的汁液，枯萎的灌木又开出
一颗小小的星。在自然进化的秩序中
抱得再紧的事物也经不起被风吹拂……

春天手记

在春天，不是谁都需要遍野的油菜花开
不是谁都需要成群的蜜蜂在嗡嗡歌唱
倘若有人连夜赶来，在无人的后山坡上
留下来
我愿意相信他就是那个我年少时梦见的
养蜂人
我愿意相信他和我相同
他有他为蜂王的幻想，我有我做蜂箱的愿望

落日斜照

葵花秆子，拉葵花秆子的人和车
车辙很深但很快又被大风抚平
土丘，一只掉队的羊羔低声叫唤
跑着跑着，一只前蹄陷入了沟堑
山坡干裂着，泥土的豁口呵一个紧挨着一个
半截木桩上倒挂着一件破旧的羊毛褂子
落日，请再一次擎高微弱之火吧
让我在一盏红灯下窃取它们恒久的隐痛

一只白蝴蝶停在豌豆花上

一只白蝴蝶停在豌豆花上
简单，快乐。村庄显而易见的自然事物啊
我，一定是深爱过这样的场景

颤动的羽翼含苞的藤蔓
那阵扑面的气息
细小的窸窣的，胸口酥麻的温热

——透明的花蕾举起轻快之翅
四月还是五月？
在乡间，我疼着的泥地上
必定有豌豆花的浅蓝溢出田垄
也必定有白蝴蝶破茧而来
停顿，翻飞，稍纵即逝
我怎能一次次地想起

——难道春天来得太快？而冬天过于漫长

秋天的画布

让我指给你一行白鹭
正从蒙霜的大地上空徐徐飞过
这亮光闪闪的尤物，不为你独有

秋天的画布上，是宽阔的田野
劳动者和沉甸甸的谷粒，万物静美

作为它们之间的协调者和秘密砝码
一行白鹭起飞，代替低处的生命在一张画布上苏醒
一次飞行来自内心所需，两次飞行就是自然法则

它们振翅、滑翔，留下一串模糊的嗡嗡之音
偶尔它们会在半空遽然静止……那突兀的
悬浮着的戛然而止，好似报答好似诀别

林莉

再一次写到蝴蝶

这一次写到蝴蝶，我必须提到它肿胀着的内心

我知道它们需要正在消失的暖

两只是天涯，一只是病

倘若还有第三只，那一定就是这碎碎地开着的三角梅

溜肩细腰的美人啊，往白里往碎里开的美人

它比我更容易受惊，害怕风凉

所以我什么也不能写下来

只能在另一个饱满的月下偷偷地窥视

现在，我细细回味了那一刻的目光

恰好藏了半厘米的恨或伤

梨花开满山凹

现在可以闭上眼，听梨树林从山凹传来颤抖
密语
哗哗——哗哗哗——
一夜之间，它们笃定要和我共白头
这是春天推出的一场盛宴
一匹匹小白驹怯怯地出场
挤满十里长的山凹
这漫无边际的汹涌，无助的汹涌

日落橙树林

是谁赤脚踩乱了无边草色
甚至还扶起过树权上的风
五月，日落橙树林——
要允许青草渗出新鲜汁液
允许大片橙花开到衰败或在枝上
抱紧了身子。它的
秘密喧响，只向一个人敞开

迷迭香

这个暮春，会有一个夜晚
会有夜晚中的一轮新月唤醒迷迭香
唤醒这满坡无知生长着的小灌木
它细细的叶子，陷在泥地里的脚尖
黑暗中扭动的小蛮腰
它变换着浅蓝、淡紫、粉红、嫩白的表情
它倒背着双手，鹿一样看着我
它赐予我的初夜之美，到现在我才懂

林
莉

白玉兰在黑夜里开放

我看见一只羊，满身披着露水的羊
从午夜的树丛里悄悄地出来
它有羞怯的眼神，它有惊慌的表情
它有膨胀着的肺腑和心肝
它在黑暗里一点点变白，一点点颤抖
哦，这桀骜的羊，深夜里不安分的羊
它年少轻狂多像我
可我捉不住它，只好随它一同被月光流放

如果这就是命运

我一直暗恋地面上的事物
泥地、石块、蜗牛、一片苹果林
我在泥地种下葵花籽
把石块捏在手心，仔细观察
蜗牛爬上曼陀罗，碰碎一个小酒窝
然后，像个赌徒醉倒在苹果林

事实上，日常生活中我和它们有着
相同的重和慢，不可删除的因果
为它们所赐
我的欢爱渐渐压缩
与我对面，招手，匆匆而过

林
莉

短　札

再没什么能让我感到恐惧
夜凉了，月光从枣树上滑下来
在沙粒上匍匐，随后缓慢消逝
矮矮的灌木丛里没有虫鸣和兽迹
故乡叶坞，多么安详
只有一阵风催动着芦苇群
长高，长出又宽又长的芦苇叶
从旷野、沟渠到山梁
大片大片的已经干枯的芦苇，一律金黄

倾诉者

让我最后一次想起日暮的村庄
天空倾斜无边的蓝
油菜花和落霞在河边拐弯
为我备下黄手帕备下金鞍
多少年了，我没有如此平静地转身
前往……

这个春天，如果花朵拒绝重生
让影子依旧是影子
腐烂继续着腐烂
而我不再轻易说赞美，说颂词
我沉默
是油菜丛的谦卑
是夜色的另一种呜咽

林莉

中年病灶

触礁、溃散船帆、手中沙越握越少
一切相去甚远，身体的大海里蓝色
光辉……一排浪打过来
要学会闭眼，屏息。哪里疼就死命
按住哪里。上苍的击打
总是起于偶然终于必然，我们就这样
模仿一只寄居蟹对命运的笨拙练习
两根黑树桩建竖起一张网、岩石蜂巢式
的深坑和伤口，我哭着
我就要碰触到流水凛冽的膝头
它微冷或暖，偶尔亦灼热

火 车

我第一次写出火车
并不意味着我从未遇见过它
我没有轻易地提起过火车
是因为它总是离开得快而抵达得
慢，此时我趴在六楼的窗台
夜色已经够沉默的了
我还听见它擦着一团黑在铁轨上
任性地跑
从不顾虑我的情绪
也就是不让我有理由哀伤

油菜帖

它在田野中
它是植物、风景、食粮
它是一个命名、定义
一种大面积的存在和空白

你行走在它们中间，每一秒钟
你无法确定有什么正在发生
或者已经过去？
你停留在那里
金色的花朵猎捕你、填满你

它是法典、气味、巫术
你分拨它密实的茎秆
你没有看见，早春的丧葬队伍
在化冰的小溪边移动
一只蜜蜂
乱糟糟地嗡嗡着抽泣

慢

这就是一切我热爱着的缘由
朝阳跃出水面，推出崭新的一天
夕阳西沉于淀山，一切复归于寂静
在这期间，葵花向阳，游鱼戏水
婴儿吮乳，少年远游，老父巷口下棋
是的，这就是一切我饱含热泪的根源
万物各从其类，它们在固有的秩序中慢了下来
"时光有着安静的面容和谜底……"
我终于获得如此这般的娓娓道来
我说慢，很慢，越来越慢，一点一点地慢
一个人和另一个，一颗心和另一颗
被允许在贴近，聚拢，互为依靠和支撑

林莉

让我说一说悲伤

已经找不到更多的词语了
十年，二十年，三十年……
我相信，它与独自有关与危险有关
与钢铁有关与一截木炭的黑有关
但它一定不似我异质、善变、分裂

当我突然说出：谜。它就敛聚起大雾
布满荆棘和毒性
从形容词切换到名词
再像动词一样迈出长长的腿
它不在别处，只在我的胸腔

冬 日

没有星群，骨头和骨头擦出了磷火
十二月，最后一夜，愿我想保留的部分：
一点微弱之火，还在旷野不疾不徐迎风颤抖

十二月，一种事物消灭另一种
道路和道路背道而驰，我想象
野茶树的枯枝上，白色火焰缓缓点燃自己

沉默的取火的钻木，沉默的取火的骨头
在浓密的夜晚闪耀，我忘了
那只黑鸟怎样降临？那只黑鸟从未降临？

古老的问题已经诞生，我忘了
话语的深渊，一块隐形伤疤
在时间弯曲的小径上，总是一边撤除
一边出现。

枕　木

我的错误在于过于轻易地相信了远方的存在
远方是一件痛苦的乐器，多少年后我如是说
我的心一直在一段枕木上，被谁从背后推远
当我再一次看到"枕木"这个词语
多么羞愧，我还会忍不住要命地战栗
我又一次好了伤疤忘了痛，痛哭着以为
在春天秘密的丛林里，唯有它替我死
替我静默，等一只钢铁的野豹子送来
复活的咔嚓声——

河水记

是阿波利奈尔的塞纳河水，它说：扬波、扬波
也是阿赫玛托娃的涅瓦河水，它说：快将死亡的阶梯踩响
或者是特朗斯特罗姆的木奥尼欧河水 ，它说：一只比郊区更
大的风筝在飞[1]
又是安妮·赛克斯顿的查尔斯河水，它说：混沌的痛楚从来不
会停下

是生长蒹葭的河水、是安葬魂兮归来的河水、是怒沉百宝箱的
河水
是盘山公路、花园、结冰的房子、长条形的迷宫、踢着石子的
马蹄
是鱼鳞、琴弦、火车、表盘上的指针、斧头、子弹、秃枝指向
四面八方
是黑裙子、银项链、亚麻围巾、长发、腰肢、麝鹿的腿
以及黑鹂的手指、花斑豹的静脉
是纤夫的汗渍、渔民讨要的杯酒、水手的死亡峡谷、摆渡人微
薄的生活账单
是苏小小的丝绣、怀斯的蛋彩画、林黛玉卡在喉咙里的一口血
雄信割断的袍子、休斯的歌声、茅舍、金字塔

到了十月，就是我身体里的丰溪河水、碧溪河水、饶北河
水……
那里面，时而会走出一支送葬的队伍，麻雀们喜欢和我玩
绕圈圈的游戏，我的祖父，一生都在跑码头的舵手最终却埋身

林莉

水里

他会在半夜醒来，指着滚滚波涛狠狠地咒骂"把我像一枚
分币那样扔进去"。也有很多个叫小萍的村妇一闭眼
秤砣一样掉到最深的漩涡里，没有溅起一点水花

其实更多的时候它们只漂着河藻、泡沫、一点点夕照的反光
现在，秋风总是试图有意无意暴露出它们的孤独和悲伤
但秋风并不知道，不懂孤独和悲伤是可怕的
而轻易孤独和悲伤则是可疑的，现在它们总是
蹑手蹑脚经过林子、岩石，观望我，测量我，一次次忽略了

叶芝这个爱尔兰的老夫子说过"天空下那静谧的河水总是在流
淌"[2]
就像在我的个人河流谱系里，一只白鹭始终在缓缓啄着
水底，那忽明忽暗的尤物到底是什么

（注：[1][2]引自特朗斯特罗姆、叶芝原诗）

吴素贞（1981—　）

江西金溪人。中国作家协会会员。有诗文散见于国内各报刊，出版诗集《未完的旅途》《见蝴蝶》等。

吴素贞

蓟草花开

你甚至从没注意，就在你
经常路过的屋檐下
蓟草两厘米长一叶，三厘米开一花
粉紫的花
有少女开启绛唇的嫩红

从屋檐里走出的女人，叫桑
——四十年守寡
她不绣花，总是绾着小小的发髻
穿梭田间老巷

这个五月，风撩起她的粗布麻衣
蓟花绕檐一刹杳无踪迹
她站在那儿
瘦干的身姿下有正缩小的影子

低　处

我印象里的亲人
如会绣花的小姑婆，和爷爷
老死不相往来的小爷爷
还有半辈子当村长，管着鲜红族谱的七公
如今，他们都躺下了
我相信，村子老屋的每一片青灰瓦片上
村口每一棵杨枫树以及
通向山头田塍小路的每一株野草上
夜晚，都会跳出他们唠嗑着方言的余音
那浓的，淡的，叹息的……
村子门楼的房梁上，倒挂的粗大麻绳
记忆着躺在低处亲人的最后一程
——唢呐开路，麻绳裹棺，披红进山

亲人或影子

我要把平躺在巷子里的影子
扶到墙面
让他们贴着墙根集体骚动
不再是消失或回来
不再是气若游丝或痼疾缠身

我愿意看着这些黑色的影子
粗暴地走着，蹭落新生的苔藓
踩折刚抽叶的天麻
愿意他们黄昏冷不丁地出现
惊怔正在叫春的猫
一个个消失多年的名字
在它蓝宝石的瞳孔里放大，变成流光
倏地蹿落瓦檐下的灰尘……

越来越近
我听见他们纷沓的脚步搅和在一起
甚至还有一阵阵的喘息
而此刻小村静止，允许骚动，却不着痕迹

祖　屋

祖屋是霸气的
在地主时代
它还是没能改变两代人的命运
祖父由耍笔杆批斗成耍犁铧
父亲由耍学堂赶进了泥巴地
我在祖父编排的故事里，窥视它
苍老的身体到底能蹦出多少妖魔鬼怪

坐北朝南，四房两厅
天井的天空那么高远，碧蓝
可那么空——

命运再也无法给它补注说明：
曾经的富甲一方

"那是祖业……"
祖父把晚年的最后一口气献给它
它撑着一口气等着我们认祖归宗
漏雨，断壁，青苔的外墙根
天麻一茬又一茬地生儿育女
我们的回乡，如今
是房梁的再一次构架
是血脉的再一次回流

喊　魂

最后一次冲着落日喊出：
"魂归来——"
是什么时候？
杜鹃鸟啼遍山野，在月亮上来之前
乌鸦叼出一个个影子

这时，你是一场仪式的主角
众目睽睽，你身体内的米粒塌陷成一张嘴
一些轻飘飘的影子被唤回
近处，我的亲人应和
"魂归来——魂归来"
响音踩倒了一路的狗尾草
杀鸡，煮蛋，挑龙须面，宗祠外热闹非凡
西医顽疾如此简单

只是后来，你
还有和你一起发音的手都老了
"谁也无法招回自己的魂……"
六婆一声叹息

姓米，出身民国，斗量失散的魂
你仅有的简历。可现在，这个日落的黄昏
我与你相遇，周围一片肃静
晚风抖起地上的香灰

吴素贞

回来又走了的影子爬上狗尾草
你张着嘴，再也叫不出它们的名字

（注：村子的老风俗，用米斗主持喊魂仪式）

只要一阵风

比如山冈的栀子花，轻轻舞起水袖
一袭素衣，赤毒的黄蜂就成了醉徒

比如梨树下的蒲公英，计划远距离私奔
同苇絮手牵手，蹚过对面的河

比如现在，我咬一口菜地里的甜瓜
看山下村子半截半截跌进抖动的夕光

这些都只要一阵风。还有母亲唤我的乳名
经火柴皮摩擦，就会在弥漫的烟火里活色生香

初 夏

我看到熟得发白的野草莓

迅速生长的节草，野艾，阔叶木

患肥胖症的苔藓

瘦瘦的，在不知名

藤蔓的绑架下，秤砣子张望着泛红的眼睛

"哧——哧——"

两只勾搭半个上午的四脚蛇

疯狂偷情，摔断了蜘蛛新买的八卦床

瓦楞上，三四个疏雨点

远处，田禾青青

一声闷雷，沉睡的金头豹子即将醒来

竹花开，楝花落

阿婆说，竹子开花，明年就会枯
楝花落了，阿公就又熬过一春
阿公没看过楝花，瞎了一辈子
他歪靠在南坪岭的竹林，听懂了
"簌——簌——"

粉里外露的白，白里透红的美
阿公说像极第一次进门的阿婆
迎娶的路。楝花的路。

竹花开，楝花落
阿婆说，缘生缘灭，缘生缘灭
他跟着枯萎的竹竿走了八十一年的路

今天，母亲拿来一袋野蘑菇

山里，还是那么热闹
我可以从北山到南山数出蘑菇的名字
染上方言的蘑菇是没有毒的
红的叫红片片，绿的叫绿片片
白的叫石灰菇，灰的叫锥顶菇
母亲像拿出展览品一样，从袋子里取出
红的要晒，绿的要漂
白的要撕开，灰的要趁鲜下锅……

汲 水

青石的巷子
如往常一样湿漉漉。天还未亮
井沿的水
"滴答——滴答——滴答"
一滴，草点头；二滴，井面波未平；
三滴，鸡犬人声沸。
从村子四面担着木桶赶来汲水的女人
发髻低绾，蓝底花色的厨裙围成一台戏
七个吊桶打水，老井清凌凌，不恼也不怒

崇福寺

篱笆那边，老枫树一棵，乌鸦巢四个
爬山虎，狗奶子藤不属于寄生
它们与枫树枝干缠绕，合三为一。更多平常
我不曾发现的白蚁，蜈蚣，甲虫，天牛……
与佛为邻，多少年，它们一定
已学会将暮晚诵唱的经文融会贯通

后院很小。无花果，天竺，红豆杉，罗汉竹
高矮有秩，苍翳有秩，生长有秩
寂静，向上。这里
仿佛所有的生物都被安置妥当
仿佛一切本该就是这样
崇福寺的清晨
一滴露水打在肩上的重量
正好减轻了一颗尘世负累的心——

给祖母

一别十年，奶奶
我们二十年相处的祖孙情分
想起来，曾经
我是多么奢侈的挥霍，不懂节制
我从未想过，那么快的一天
老屋就变得空空荡荡
甚至连最后
萦绕在房梁的一声叹息
我都没能赶上

你的儿孙越来越像一群候鸟
你走了后
我们从山外飞回山里
从一个年头飞到另一个年头
时间长了，奶奶
你冷清了吧
没人陪你唠嗑，看你刺绣
这唯一的迁徙，是不是
让你晚年的凤眼又一次次落泪

奶奶，十年了
我们的心都患上了严重的风湿
村里的南风一吹
疼痛就在眼眶里打转

倒一杯黄酒，添一抔新土
我们立定，深深鞠躬
奶奶，这仪式陈旧而缓慢，你要接受
因为你在，故乡才在

与父亲拆蛇皮袋

"身体上有着相同胎记的人
注定会延续同样的一件事……"
父亲没有说话。一边拆着
蛇皮袋的丝带
一边示意我把它们归类扎好

从小到大
父亲与祖父拆过无数个蛇皮袋
从小到大
我与父亲拆过无数个蛇皮袋
本该丢弃的破袋子，祖父教父亲
用拆下的蛇皮丝带码绳
甚至用码好的绳狠抽过父亲

几十年了，父亲手上的茧
如码好的绳般坚韧
绳在母亲的吊桶上，在耕地的牛鼻上
在祖父进北山的棺木上……
如今，父亲手指痛风
关节越来越弯，码绳的速度
一年慢却一年

……我拾掇着丝带，天已经黑了
一阵风吹来

散碎的丝带混进柴火，被母亲
填进灶膛里，冒出了一阵阵焦煳的味道

秋过篱笆

是的，小村的秋是先在稻子上停留一月
再翻过篱笆进村的
更多时候，它像孩子一样贪玩
忘记把露水滴在
巷子的狗尾草上
我像蝌蚪一样顺着月色游回
在已是深秋的光景里
蜗居小村，享受生长、发育的快乐
我也关心玉米、稻子的收成
会向秋天回来的亲人打听远处的消息
薄衫闲读，我会揣摩
母亲菜地的那只蟋蟀
是不是跳进过我枕边的《纳兰词》
因为秋过篱笆时
我还翻着金缕曲
它还唱着：君不知，月如水

吴素贞

堂妹：敌人

你拿着一把刀
突然，我就活成了你的敌人
我想过成为很多人的敌人，包括自己
唯独你……
人世可以慢慢呼应的爱

——彻骨的凉

我还没允许你顺从命运
还没允许你
从一颗心上摘除所有的亲人
你怎么能迷路呢
那个世界到底有冷
你必须借一把刀的寒光取暖
我又说了什么
让你拥有绝世的仇恨与暴力
我只是小声地说：我是你姐呀……

杨枫林

后退，返回起点
挨坐一棵杨枫树下
听一只陌生的鸟唱着熟悉的歌
小貂鼠消失
落地的果核已成为泥土
头顶绿色的子民记得
——她还会来

林子的风徐缓着，容得下
深呼一口气
容得下一颗心渐渐鼓胀
深处，曾经集体消失的影子突然交叠
猛地发出低沉的一吼
啊！这起伏的胸膛，不曾如此向外四溢

梦 乡

再看一眼，那时
河水湛蓝，桃红李白
再看两眼
那时，蜂蝶相忙，空气粘满花香
油菜地像姐姐出嫁的鼓乐队
热热闹闹，绑着灿灿的金腰带
再看三眼
春分三色。一分乡音一分曲
剩下的一分酵成浓烈的酒
醉意里，我手摇一叶小舟，撒着回忆的网
"有个地点你永远都在返回……"
那时，我满载而归；那时，我身无一物

你不认得康乃馨

像往常一样
你做着我喜欢吃的辣椒炒肉
如今，你还会加问一句：
悦悦要吃什么？
我的女儿
一边抱着花，一边笑着说
"外婆，要卷舌，是爱吃什么……"
我有点悲哀
女儿明亮的眼里满是阳光

你不认得康乃馨
依旧问：
悦悦，喜欢吃什么，外婆给你做
女儿手指指：鱼
灶台旁，木桶里的草鱼正溅起水花
你捞起它时
眼里满是阳光

"浪费那钱干什么……"
你不认得康乃馨
烟熏的土灶台永远那么黑
我有点悲哀
你插过兰花的发髻越来越白
多少年，我都想走回那个下午

233

冲着你喊。就像女儿

为我插上一朵康乃馨

悄悄地说了声：妈妈，你真美！

在病中

在病中，要像一棵卷心菜

要借一根稻草

把心慌，失眠包裹成翠色

要像对待玫瑰海棠一样

移盆，防夜风，霜冻

在小寒以后定时到院里

晒阳，进行光合作用

要懂得拒绝打听世界，静养

修心，配服中药

让肺热，脾虚，气血不足，四肢冰冷

附加病值PH全等于7，至中至和

在病中，要学会忘记

有人喊自己的名字？忘掉吧

要把不近人情当美德，只留经书，草药

山水阔达，暖日慵懒

要看好想溜达出去写诗的心

要划一条江，让它们隔着两个朝代

各自安好

此时，终于懂得天高地厚，咬一节甘蔗

头发丝也要感谢甜

劈柴，煎药，住在山里

庙前种菜，养花，人高高在上

这一抬头便看见生死，大雾，还有神呀

吴素贞

235

只是妖精

再靠近。你将拥有世间一切的好，欢喜

还有魔盒

你看见竖琴弹奏天光，渐渐地

忘了今生。和我如此近

取你一寸柔肠，也赠你断翅的哀伤

接着，深情耳语

你不能封锁我的双唇，我要给你

安上老虎的心脏

要激怒你，让你踩着浮云去爱

一切都来自我的天性

大地还未灌以五行之气

我只是只妖精。布迷魂阵，内心着火

给你一座宫殿

桃树幻成人形，你排排细嗅

夜深人静，在妖界

一颗老虎的心脏，魂不守舍

你奇丑无比

这边是王者，那边是香艳

但我没有罪，永远不给你出路

午夜：采花记

这是我一个人的夜
我有神殿，广袤的黑，和一株玉兰

我折兰入手，有朝圣和远方
我喜欢此刻左手右手冒汗，小腹发热

单枝入怀，双枝任性
我一个人沐雨，摆下临行宴

对她们狂语
"良人在东，又谓特洛伊……"

吴素贞

来自乌有

这几日，你舞着关公斩
彻底把我的2014劫成一匹木马
陷我以困，两军对垒，与交锋
我本闲散人，春种雷公竹
夏抚伏羲琴，虚名关在嵩山十里
而你单为破我女儿身
青龙困兽，你先我一步辨识天机
匪气被春风专程押解而来

你擅长玄学，来自乌有
一生卜算我隐藏的性别，年代
光阴集，还有短命的桃花
乾卦六爻，上九
此象乃盈后之劫
人间的弱点啊……
你的关公斩
带着我命定的劫数
倒吸一口气！
所有的光阴在彼此的手掌
出现同样的纹理
我无法断掌以拒，别问我
今日坤卦所示
春风里，黄道吉日
层出不穷
多像我女儿身的英雄末路

白蛇记

那时，你不是我的许仙
不曾有法海衣钵，入不二法门
我也不曾得精修仙，将雷峰塔视成黄钟
我只是一条白蛇
会在夜里，将舞蛇人的短笛
听成大吕
满地的落红
我会为自己扯下一块红布
宫商羽角
我为你而舞蹈，视你为神
六道轮回中
舞蛇人是我的宿敌
他懂得我七寸的命脉，懂得
一条蛇深深埋下巨毒的爱
也许，此刻你是一只蜻蜓
或者蝴蝶
正用复眼看着我的信子
一分为二
吐出桎梏里的爱恨情仇
而如果，六道轮回只是你复眼一周
那该多好
你只需用700纳米光谱就能定位我
而我将铤而走险，有勇气在人间
用巨毒粉饰你我相遇的太平

吴素贞

239

养一只信鸽

想你的时候

就写一张便条

它飞过信使的头顶

飞过手摇木铎的官吏头顶

它饮露餐风

快过陌上的八百里加急

想你,是任何一个朝代

也装不了的蛮不讲理

刀光火石

唯有交给一只信鸽

飞过的天空是蓝色

想你,就是海洋之心

飞过的天空是灰色

想你,就沾染了舌尖上的闪电

它那么高,人间转瞬即逝

唯有想你

让我一次次在公元里永恒

它落在你的手臂

喘息是我喘息

温热是我的温热

飞翔是你带给我的飞翔

养一只信鸽,想你的时候

就让它丈量刀锋上的爱与辽阔

豆娘赋

遇到你，三十多年的昆虫学

才有了改写

此前，我差一点

就要颠覆你的名，你的姓

把你在微风中比风还轻的飞翔

命名成飞翔

其实你就是风，这个中午

我在扮演厨娘的角色里遇到你

我看到白菜，芹菜，芥菜

一夜间壮年，开枝散叶

而你从哪儿来？那么小，那么弱

你低低地

轻轻地落在我的手臂

仿佛认定

我就是你昨夜诞生之前的身躯

差一点，我就要交满意的植物学试卷

继续在昆虫学里盲流

是你，让我看见另一个我

——她呼吸一动不动

三十多年奔走

仿佛此刻的我，才真的是我！

3月18日，雷雨

不似话剧，有隐喻，固定的结局

我只是从天气预报里

安排晒棉被，洗床单，拖地

以一个家庭主妇的身份坚决与日头共进退

旷班半日，掸尘冲地，挥竿晾被，家的主战场

丈夫的副将头衔随时在飞星里湮灭

毫无实战的他推理天气的稳定性

今日似昨天，阳光何其多

我认准用人不疑，大刀阔斧

压箱底的新婚棉衣像充满春光

依旧桃花朵朵

回忆缓和日光的速度，我席地而坐

自诩当年长发及腰，他老于少年

而谈起眼前的木箱

如永恒的静默者，装下家庭的三八条律

结婚证，和女儿的出生证明

泛黄的纸页上，我们一直有着邻里的好名声

所谓圆满。而危险的尾巴——

一声惊雷，我们又人到中年

平静比灰尘还易碎

揭竿揽被，我喋喋不休

他一声甩门——

距离，消瘦……门里门外

雨声滴答，如果你懂，皆贵如油啊

你的眼里有整个太阳系

我把它回赠给你。如果可以
我不要你如此浩瀚
我要你只是太阳，我是月亮
亿亿万光年
你只照亮我一个
我只因你而存在
我们是快乐的两颗行星，在天体
自由地漂移
有时，你朝我炽热凝望
人间便持续五个夏天
有时，我向你深情款款
大地便覆盖七个春天
地球，这个天天
想围着你转的小贱货
终于受到了惩罚
而我们是如此克制
昼夜仍然无序颠倒
那和我们又有什么关系？
交给火星，木星，水星吧
我和你可以去黑洞，量子力学让我们
越靠越近
我们还要去银河，坐在那里看瀑布
如果有一天，我老了
再也不会反光，全身褶皱
请你把我放在瀑布底下

吴素贞

243

日日夜夜冲击磨平
源头活水天上来，这唯一的活路
我走得下去
有多么多的不舍，或者一瞬
一刹或者一年
你的眼里有整个太阳系
而我的亿亿
亿亿万光年，只会因为一个你

养　花

想过很多场景。春天
牡丹压枝，我就关住了一个盛唐
任她环肥惊艳，玄宗痴情，李白斗诗
我就是不放开我的院门
一切往内收吧
几千年的开放该有个紧锁的内核
该有个养花的高人手握这密码
如此，你也不要门外徘徊
一枝牡丹出墙来的历史不会再有了

夏天，也不要念荷叶田田的诗句
叩我的扉门
这个时候，睡莲是洛阳纸贵的理由
铺天盖地的睡莲，万里的睡莲
莫奈如何？
我拒绝油彩，拒绝光影的描摹
一个养花人的睡莲
印象流入法国，成就了一个时代的浪漫

这样的浪漫，留到秋天吧
养花的高人常有魏晋之风，隐士之风
如此，你知道该带什么来吧
对，南山
我的院里从南北半球数来

从朝代数来，就是少了小小的南山
那是用来抬头留住眼神的地方
请你沿着篱笆来到石桌坐下
菊花我只种一种，这个季节更适合
开放自己。你我志趣相投
一盏茶，一抬头，历史就灰飞烟灭

你说到雪。那又是闭门谢客的时间
显然，梅花也开了
我只是个养花的人，知道得太多
朝代的更迭，时代的流派
我真的是个局外人，知道得太多
比如，我还知道这千里梅花
最后一朵的宿命。两只带着甲壳的昆虫
轻轻扇动翅膀，力学的意外
一场突崩的雪，我是那宿命
而你的记忆也只会
是杜撰。淡淡地说：忘了我吧！

云章词考

百度词条链接：云章
语出《诗经·大雅·棫朴》："倬彼云汉，为章于天。"
指文采斐然的文章
如果可以，我想带着解笑着再回到梦里

在梦里，未知的人给了一个未知的解
"你是个盖了云章的人……"
摊开手掌，命运线不曾有过更多的启示
左右不对称的纹路里
我也不曾看见自己注定的命数

大脑从未链接的词
像一针清醒剂
我在梦境与现实中来回穿梭
或锦字回文，或为章于天
别笑话我，一个相信被梦祝福的人
又开始一次次叩击内心
用文字继续做着后半生的梦

傅菲（1970— ）

本名傅斐，江西上饶县人。中国作家协会会员。出版有散文集《屋顶上的河流》（入选『21世纪文学之星丛书』[2006年卷]）、《星空肖像》、《炭灰里的镇》、《生活简史》、《南方的忧郁》、《饥饿的身体》和诗集《黑夜中耗尽一生》等。

傅菲

朗读者

梅花插在麦秸帽上，十六开的野地
十六开的冬天。鹳，以露水润喉
身上堆积着千年前的白雪
遗世的孤绝。作为一个神秘的自然主义者
不知道她接受了谁的派遣
朗读：群山奔驰，蹄声敲破心房……
她的声音略有磁性，茫然，有些微的破碎感
不知怎么的，我突然想拥她入怀
给她细细梳理羽毛
一直到老

黄鼬之歌

不要打扰我，在乌黑黑的泥土下
即使饿上七天，我也要好好睡一觉。我已疲于奔跑
追逐，多年听命于牙齿，听命于异性的气味

让我安静地聆听雨水滑落草尖的声音：叮咚，叮咚
（像催眠曲，有一个爱人多好）这样的情境适合恋爱
也适合独自跳舞，更适合孑然故去

深夜坐火车去陌生的城市

火车的奔跑是一种减法
减去路程，两个互不相识的人会重逢
减去岔口，减去前半生，减去南北
陌生的城市将是我唯一的去处
把众人的孤独减去人
剩下给我
剩下牙齿上尖尖的喤当喤当之声

剩下窗外飘忽不定的黑
偶尔的光，穿着丝袍，被风刮向身后
一个四十岁的男人，靠在车窗
看大雪生育。他发涩，舌苔僵硬
每天凌晨三点醒来，对自己絮絮叨叨
疾病是他的秘密。"生活是一个牢笼
肉身也是一个牢笼"。他喃喃自语
在桌上，他用茶水写下"恋人"
又用手抹去，继续写下"烟"
萦萦绕绕

二〇一三年一月四日大雪

一支伞是两个人的教堂，向晚的钟声
是纷纷的雪花，纯白，铺在唇际
一部分融化，成为来年的春水
一部分渗入身体，成为余生的坚冰
钟声把人迹、街道、楼房、树木分散四处
伞下，沉浸之中的燃烧
永不知疲倦。这个时候死去，是幸福的
此时如果需要写下遗言，我会写下
"如此牵挂和被牵挂"
明天，列车向北，我将回到故乡
而你继续向北，把孤单搬运到高山
"在最需要相遇时，我们去相遇
一生都不会忘记。"当我说出
指尖穿过的头发渐渐发白
衍生一片野地。你就是那个沧桑的人
你就是那个不再降临的人
我怀抱的梅花也不再散落
当你读到这里，你脸上堆满雪花
堆满深夜的耳语，沉痛又痴迷
我们都是被钟声送走的人
各散天涯

降 低

把云朵降低一些，是深秋第一场冻雨
把星空再降低一些，给我辨析
哪一张脸是由不远处的赣江涛声拼合而成

今夜，我有沉醉。低沉，迷乱，缱绻
三百公里外的上游，把涛声的破碎
推搡而来——"最幸福的生活
是去习惯一个噩梦。"——原谅我
我要把做梦的人抱在怀里直至第二夜

直至我四脚冰凉，直至赣江日夜抽打我脚踝
人世的泡沫四散又不断聚集
送我到遥不可知的另一个尽头
颠簸，翻滚，消失……茫茫夜色

码 头

我经常在清晨去看城郊的码头
柳槐婆娑，霞色遮面，水光闪耀
人迹磨损的麻石台阶没入江中
汽笛声随风飘远，又被涛声送来

假如有细雨，江面密密的水泡
很容易让人联想起脸颊上冰凉的泪珠
高高的墙垛上有人不断挥手，挥手……
客轮早已消失在茫茫的浪涛白雾之中

这是长江中游一个普通的码头
帆影点点。我有些疑惑
为什么每天有那么多的人漂往他乡
又有同样多的人，经年不归，突至故里

譬如水滴

塌入眼睛如同墨汁渗透宣纸，致我盲目。水滴
绵柔的，针尖般的，无言的，扩张的
在第一滴与第二滴之间，有梦游者的冗长一瞥
水滴在空中的逗留……哦，是我的行程
"岁末已至，一年又尽。滚滚尘世譬如水滴
我再次谈论光阴，因为它是一锅炽热的铁水"
在简短的滴落之中，我有穿石的坚韧
我爱滚滚红尘，爱它的温热也爱它的炎凉

傅菲

我深入……

我深入你身体秋天寥廓的旷野
风带来时间的尘埃，褐色的树木，苔藓淹没的小路
奔跑的夕阳，噼噼啪啪的雨声。它们是
你多年的亲戚。你每天抚摸它们一次
在我不那么年老的时候，我给予旷野肥沃、战栗
和水鸟低低的尖叫。所剩的光阴不多
我要留下来，直至荒老，腐朽

我吮吸……

我吮吸你舌尖上荒蛮的时间
三十八年，苍穹的寂寥和遗忘都留在这里
我也会留在这里

我吮吸蓝水河边向晚的薄雾
是的。我只是一个耽于内心的虚妄者
其实，我从未触摸过你的脸

我只是听到了你沉寂的呼喊
在我听来，你的呼喊纠绕着身体的旧伤
我不能自已。我将是这伤痛的二分之一部分

养蜂人

在僻静的山野，嗡嗡嗡的振翅之声
是养蜂人幸福的言辞。他戴着白手套
脸上蒙着纱巾，一天察看蜂箱三遍
他娇小的爱人忙着刮浆分房
闲暇时，他步行去十五里外的小镇
用蜂蜜换取食盐、布匹、女儿红
在山垄里种上桃树梨树柑橘
去密林捡拾蘑菇采摘杨梅
他只关心雨水，花开的时日，交欢
以及每餐的菜肴

守墓人

清晨，他来到一片朝南的坡地
锄去墓前的杂草，为柏树冬青修剪枝节
用衣袖擦洗碑上的灰尘
然后默默地坐上一个晌午
——我会把我衰老的年份交给这片坡地
照料它，一如照料你的前生

我愿意和一只飞蛾交换身体

如果可能，我愿意和一只飞蛾交换身体

在草丛跳跃、游戏、捕食、结茧

掠过水面，轻轻地，空气也无法察觉

阳光穿过翅膀，锡箔一样

和一只飞蛾交换身体，是多么美好的事

这样，我全身不会有多余的杂质

变轻，变小，卑微得可以被忽略

黄山冬景小记

额头上有两块乌云，晦暗的是天空的骨灰
无法触摸的是你在蓝水河的倒影。山垄回肠，风
把骨灰吹进眼睛。看见的是千里江河
看不见的是腹部埋葬的万匹奔马

河流上的背影

紫气弥散，灌木林掩映下
是一条河流的出生地
我的一生都在追逐渐行渐远的白帆

夕阳将熄，弧形的河湾苍莽
水岸有告别的人群送缕缕秋风
有燕雀声声起于低矮的天空

白帆终究要在河流的拐弯之处被雾霭吞没
我的手指终究够不着风吹的衣角
消失的背影甚至来不及回头看我最后一眼

被河流带走的人
把我扔在岸上
让我孑然兀立在天空下

雨后山冈

一片素净的山野，芭茅枯萎
墨绿的杉树林裹在光秃秃的灌木丛中
简单的暮冬，灰雀摇曳在树梢
草间小路弯向山腰
林中隐约可见黑瓦的屋舍

今年春，我也曾造访过这个山冈
杜鹃花正红，牵牛花爬满院墙
苔藓油绿，涧水漫上石埠
在这里做一个养蜂人，是一件幸福的事
用木柴生火，用松油点灯

我不知道，同样是时间的灰烬
撒在脸上，为什么会呈现不同的容颜
那样不动声色
现在，我只想翻越山冈
孤身去下一站

傅菲

风 吹

雨水带来的，会被风吹走
时光带来的，会被你吹走
你带来的，却堆积在我心里
——你带来盐，海水，春夜的闪电
风吹不走的，是什么
或许是我，化成的风
你听到的是弥耳呼啸，可能有些悲怆

与尔雅语

我喋喋不休：
春天降临是一年中最重要的事件
栀子花举起长号，仰天吹响，白金的声音
阳光般纯粹，和煦。人面桃花
催促我到你烟花三月的家乡去
接受一条河流的放逐

对着山川，我轻轻吹一口气
一夜之后就会满眼披绿
蔷薇压在颓圮，湖边的柳条独自起舞
世界如此从容，旷野深处妖娆多姿
你是所有河流的上游，把收集的雨水
送往每一条空空的河床

骑闪电的人

你指间消散的，不是火焰。春夜的风暴
那样完美，滚过。骑着闪电降临的人
河流是他的腰带，山峦是他的冠峨。宽恕他吧
他沉湎于闪耀，奋不顾身
逆流与顺流，他都一一带给
请你指明他的归宿。天空浩瀚，黑如泥浆
在他的最后一眼，你第一个浮现，依旧淡雅如菊

与友徐勇去罗桥横山看春天

古拱桥卧在溪水之上，山冈泛着枯黄

溪边野花盛开，青藤攀在香樟树

空气噼啪炸响，油菜花一浪叠一浪被风追逐

草径隐没，灌木林中鸟声恣意

一个采马兰头的老妪，拎着竹篮从田埂上走过

远远飘动蓝头巾，身影渐渐浓缩为墨点

天色渐晚，将沉的夕阳有些枯瘦

我久久不忍离去，无从相守却难以割舍

暮　薄

再把手伸出一尺，你可以掬出我胸内的长江
"爱是永生，也是消亡"多年后，这句箴言会在水中显现
脸颊上环绕的薄暮，被我轻轻撩起
微小的是星辰，圆润的是初月
站在你肩膀上的是斑鸠，呱呱呱。薄暮纷纷垂落
黑绸缎一般，起伏的波涛一遍又一遍
漫过一个眺望者的余生

甘棠小镇

在葡萄架上张网捕鸟的人，是我
的儿子。他五岁，剃个平头，赤脚走路
紫葡萄是我爱人的名字，我还未曾见识她
据说她善修剪花枝，喜秉烛夜读
枕水而眠，击窗而歌。她不动声色的生活
在小镇里广为传诵。我是一个盲者
我一直把她的老年当作青春。我是一个耽于生命的人
我的一生只做了一件事：在她耳边不停耳语

回形走廊

背影融化在黑夜黏液里的那个人
是不是你？请宽恕，他内心的灰烬
成为今晚唯一的光亮
无人知道走廊到底有多长
也无人知道他能否走出弯曲回肠的尽头

多少次，幽光闪在他拙朴的脸上
青山葱茏，寂静的河流已然枯涩，雪在下
风掀起他破损的衣角，树叶飘落嗦嗦作响
他的面影映衬在墙壁上有略微的模糊
和清晨天空绛红色的生动

你是谁？封冻的表情只是黑夜的一种纹理
慢慢地移动，他的眼睛将是今晚的光源
照见的仅仅是廊柱上旧年的血迹
他身无长物，孤单也是那样别具一格
寂寞的长廊耗尽他匆匆的一生

蔷薇小令

手漫过去，大雨纷纷如幕
那是你午睡时的脸，一朵，两朵，三朵……
看似即将衰老，又燃起淡淡火焰
假如熄灭，会带来时光的黑夜
你所遗忘的也是我所珍藏的
晚暮中的双眼
恰似一个坟墓毗邻另一个坟墓

寄秋书

一个十五年前死去的人，和我有些许默契
她说，给我一夜露水，告诉你秘密
喳喳喳，麻雀在扶栏上跳来跳去偶尔张望
不远处的池塘有野鸭三三两两凫游
"我曾着迷一只蜜蜂，它和我有相同的命运
四处采集，不知客留何处。我倦于无意义
的飞行。"她脸上蒙着干枯的桑叶
秋天的皱纹是日渐凉下去的月光
芦花一片片飘远飘散　迷离　下落不明

第一百封信

总有一些事物让我哀伤
秋晨的薄雾从湖面溢出，漫过屋舍
漫过矮矮的山梁，迷蒙，转瞬不见
还有那漆黑夜空中微小的星光
多少次，我走过寂寞的长廊
以为长廊的尽头就是蓝水河汇入大海之处
以为星光可以清晰地照见我单薄的青衫

让我独自在河边度过一个虚妄的下午
蹲下来，冷手捂脸，双肩颤抖
埋在身体深处的一滴水，请求不要涌出来
它比海广阔，比夜更白，比昼更黑
我只是这水滴上的漂浮物
体积那么大重量那么轻
仿佛是小小的萤火，闪闪消失

甘露寺

藏学法师在经房挂有一副木简
墨迹枯瘦，笔间细泉曲流，草木吐芽
在九华山，藏学法师授课十九年了
他的脸上落满钟声
青石回廊边，指甲花殷红。赏花的人
是冬青树上八只乌春。种花的人
已故去的不知有多少个
现在，一个在膳房，一个在井边默坐
还有一个去深山采摘甘露
寺蜕在山腰上，供云雾笼罩

信 江

正浓的夕阳被归雁运往天边
白帆一片两片，在河湾回漩处消隐
柳色青青，那是远游者遗落的临别赠言
在水面浮现：江南好，风景旧曾谙

弧形的向晚，水车咿呀转动，不疾不徐
你见识过这古老的座钟，摆动……摆动
寂寂流水是另一种喧哗，我们将不知所终
淡淡水雾，依稀可见上游的水转眼翻到下游

南岸丘陵堆叠，赭色的岩石丛生阔叶灌木
北岸高山延绵，山寺的桃花还沾着去年的灰尘
今夜，我们就在乌篷船里手语，赊一盏月
悬于桅樯，不在意归途何处不在意水穷何时

信江，可知四月迢迢，故园渺渺
水上的足迹，谁可曾见识？春风吹遍
澄碧的河面照见芦苇屋舍……鸥燕
浪打的泡沫里，分不清碎小的是人影还是苍穹

七日谈

1

茫茫水雾，布道者手握罗盘来到泽国
有一婴儿呱呱坠地。布道者在厅堂做斋
祈福，道具是米筛和棉絮
婴儿问："从这个山头到那边山头
走得慢要八十余年，走得快只要一天
你是要慢还是要快呢？"
布道者闻之，骇然而逃

2

清晨，大野寂寂，万物朗朗
布道者给稻草人施还魂术
稻草人穿一件破旧的麻布衣，看见
耕者着蓑衣　锄者戴斗笠　渔者披大氅
稻草人说："故园依旧，只是我全身的骨头已烂。"

3

灵山脚下，有一料石场，搬石工用簸箕挑石头
布道者给搬石工一件袈裟，说人生何其苦
搬石工穿上袈裟去了庙里。三年后
搬石工把袈裟还给了布道者，说：
"苦受够了，早还俗早享乐。"

4

小镇有一嗜交欢的女人，昼夜各三次
每日必饮生血，啖蚯蚓。她善捕蛇捉鳝擒麂
布道者试探她："我欲与你交欢，可否？"
女子拒之，说："四类人，我不交好
素食者、稚雉、君贤、精神病患者。"

5

某日，布道者在僻壤之地遇见一个埋头写字的人
常年的烛火把他的影子镂在书桌上
"这是一个用骨头点灯的人"布道者叹了一句
写字人的头发掉了一茬又一茬，积了半麻袋
写好的字被风吹走，吹走又写
"虚无，谁也看不见，又深陷其中。"布道者又叹一句

6

腊月，在项城，鹅毛大雪
布道者见一丽人迎雪，紫色斗篷绽放得像一朵莲花
布道者问："你为何爱傅菲？"
答："他贪生，贪色，敏而好学。"
布道者问："你为何恨傅菲？"
答："他贪生，贪色，敏而好学。"

7

死在一个破庙里，草席裹着布道者
罗盘扔在路上。他的身子轻起来，飘起来
成了一片羽毛，雨水打在羽毛上
他喊：痛。落回地面，成了一块石头
小石匠捡起石头，砌了厕所的门墙

与李少君兄沿秋浦探春

1

弧形的河湾集结了川峦的幽深之美
灌木从头上抽出一片简约的春天
粉碎的野蔷薇花跳过溪流
跳过低矮的院墙。群峰勒紧马鞍
缓缓信步。三月的太阳是一朵葵花
尚未完全盛开，有红鲤的腥味

在朗朗午后，不要把我唤醒
我晕眩是因为秋浦长东，日夜不息
河风在指尖摩挲，呜咽。多少次
我驻足，怔怔地看流水环绕
梨花三两枝，客舍青青
问自己：水穷之处，人在何方

2

我要把长发依序披散开来
让秋浦日夜漂洗，好比风辨认柳枝
挑拣出哪根枯死哪根吐芽
我要把十指插进秋浦浸泡过的泥土
我的胸脯我的额头处处长满植物
草本的，藤蔓的
——让我独自度过这个宁静的下午

即使伤悲，也是幸福的。我所领略的
油油春日，与我故园多么相似
疏朗，素练，通透
又有淡淡的夭夭脂粉气息

3

离愁一样古老的秋浦
在石台偏僻的西北角，静默流淌
突然使我怀想火车
穿过村舍　逼仄的峡谷　阔亮的旷野
它从不回头，告别是隐忍的
抵达是为了更远的出发

如果需要仪式，就让梨花更白
春风吹一夜，再吹一夜
雨水加快流速，在脸颊上
如果需要慰藉，把手贴在水面
我正是秋浦，苍凉，柔软
万物复始，归于沉寂

4

喊一声："秋——浦——"
油菜花呼应起来："走失的人
都已回到故乡，在河边集合唱歌"

散佚在乡间的歌谣，是漫游者的火焰

在三月，是一朵朵麦秸帽
在血液的上游，一座座青山望不到边际

我也喊一声："秋——浦——"
油菜花大片大片凋谢
河水流到更多的人故乡

5

……尽头，我从没见过。细密的微雨
沉降。没有足够的长度
就尽可能地弯曲吧，秋浦
譬如旧日怀抱，那里有很多故人
你也认识：紫荆，杜鹃，七姊妹花

石台有足够的宽度，把春天铺开
采茶的女子在坡地挽个竹篮
摘下嫩芽；大野小镇静虚在午后时分
不轻易被人惊动。我有足够的余生
筑四间小舍，独对青山，相看两不厌

6

"花开的时候，全身颤抖，疼痛
我是一条石斑鱼，终日沉潜
温柔取代仇恨。"你是个有光泽的人
在黄昏没有来临之际，唯有你的低吟
让我安宁。唯有时光的消失之声

傅菲

让我沉湎。旷野如此寂寞，像中年的河流
静静地淹没，吞噬，指甲爬满青苔
事实上，我们什么都不要说
唯有黄昏的降临
我们都那么需要紧紧拥抱

7

有一天，我体内的熔浆喷射殆尽
在春日里，请你为我清洗三遍
用寒骨的秋浦水

河岸的柳树林在低头的瞬间
触碰到春天的细腰，艾草分叉
给我一块沙地，种上芍药、指甲花

坼子 (1970—)

原名曾建平，江西瑞金人。现在瑞金市公安局工作。

折子

一棵树丢弃了叶子

一棵树站得很久了
从早晨到黄昏，从春天到冬天
已经很久了，故乡这株树
多像一个沉默的人

风吹过来，叶子哗哗作响，向大地飘去
这是我在故乡大地读到的
最沉默的力量，一颗树丢弃了叶子
整个冬天陷入了等待

在生活中变老

谁在缓慢中抬起头来，看清了时光的速度！
哦，不必惊叫——
皱纹像蚯蚓一样爬上了眼角
你发现的正是众人所发现的

"在生活中变老……"一句轻微的话
使大地稍稍倾斜
不必在夜里走出内心的庭院
月光和雪花同时飞舞在时间背面

奔　跑

十个孩子在奔跑，我相信那是风
给予的欢乐，山冈就是这样
一群野花带来了全部的想象
而这是外在的，包含了命运安静的部分
从一个早晨到另一个早晨
童年就像那消失在山垭口的风
今秋又吹响了红叶。奔跑，晚霞散尽
群山，十万匹马从我疑惑中穿越血管的荒芜

山　峰

我是如此地爱着，并且充分地幻想
像蕨类植物一样
吸收你体内的温热，渐渐长大
在巨大的阴影里，我看到
你的挺拔超过了云裳。一次次
目光的飞翔透过轻云的薄纱
乳房似的山峰，我的梦里常有白雪的意境
她给我带来隐蔽的冲动
在泉水的颂歌里，我快乐地渴望着
寂静的山峰，孤傲的山峰
现在我从你的矮灌木和干草丛边
捧起了草籽和干浆果的幽香

绵　江

绵江因白日登临而柔弱

宽阔，像停留的早晨

鸟鸣，拨开了河面上一团团雾霭

一层神秘的寂静。当太阳的斑点

打击柔弱的河

掀开了我身体中的躁动

是什么在悄悄流走，使我迟疑和不安？

这是一个人的旷野，一个人的孤独

绵江啊，现在，我没有什么要向你诉说

请　了

一个人举杯独酌　可邀明月

请了　空空的村落

空空的小路　堂兄　姑嫂

借了远方的生活

我们独守夜晚的牧场

各行其是

一个人行走山冈　可邀清风

请了　自由的草木

自由的麻雀　蚂蚁　蚯蚓

借了肉体的欢乐

我们飞奔在自己的命中

各有长短

一个人醉卧山崖　可邀松林

请了　斜靠山崖的寺庙

斜靠寺庙的经幡　苦痛　迷惘

借了大地的重量

我们存放亲爱的魂魄

各奔东西

重　量

河还是那条轰响的河
雨季的夜将灯拉向书本
消失了三十年的父亲
也会到梦里来走走
这个没有肉体的魂魄
压在心里就有石头的重量
在我的身体外
是一座连接城外的绵江大桥
那些喝油的动物呼啸而过
每天晚上我的耳朵内落满碎屑
河还是那条轰响的河
心却是蒙尘的心

冰　凉

大地啊
你落下的背包是土黄色的班车
你班车里坐着躺着我远行的兄弟
你落下的月光是春末的衣衫
你衣衫里是虫子叫狗叫三更时还有鸡叫
你落下的冰凉是我久治不愈的内伤
你的内伤是不是叫悲伤的那一种

无　边

你起伏不定的样子很好看　真的
从不因小失大
你春天的样子很好看　真的
细声细语
你夜晚的样子很好看　真的
睡熟了好美
这些年　我跑到东边　跑到南边
跑到西边　跑到北边
我还是跑不出
你丛林那片夹杂了嘱咐的风声　真的
命数里　我就是你的一部分
诗行里　你就是我的一部分

要多久

打一把镰刀要多久
打一柄锄头要多久
打一张犁铧要多久
打我出行的车轴　碾子
打我醉汉的铜板　杯子
打我妹妹的银链　坠子
打我经卷的金帛　箱子
打我秋天的月光　鞭子
要多久？

相　信

我相信蜜蜂胜过甜蜜
我相信云朵胜过天空
我相信失去胜过挽留
在丘陵上　看起来确是如此
在早上我看见一个
送葬的队伍
他们用唢呐引路
在城里绕一圈　往山上去了
在早上我还听见一个
卖馒头的淮北女人
叫卖着北方馒头　往小巷去了
我这样想　一个热爱此生的人
最终会被大地拾取　像
丢一块石头　割一丁点儿花粉
或截住一阵清风

客家语

如果我此刻剥开的是青苔

青石上　屋瓦下柱梁旁边　甚至

延伸到月色踩踏过的泄水暗渠

可以想象　我先人见证的戈乱

饿杀　流放　而不得不用黏土

石粒　糯米夯墙　把自己围起来

从中原几千里迁徙不以马车

是灵魂经过了惊慌

而此世　我只见到墙头上的几株

狗尾草　好像不死的爬墙科

坚持着　探出身子　土墙内

还居住有后人　以南方丘陵内

米酒滋胆　年复一年复制

稻香　命运　唱山歌

如果我此刻剥开的是姓氏

杨李刘张　曾朱钟黄

可以听从赣粤闽小道

曲曲弯弯　寄居于那些河流

拨开的狭小盆地　做时间的客人

说温顺的客家语　故意隐匿

自己的祖籍地和来世方向

养牛养狗养鸡养鸭

养世代的匍匐

种红薯豌豆芋头　种疼痛守望

我未面临生死困境　充其量
只承载了一些胆怯和屈辱
顺从和卑微　我所知甚少
离此地不远　风　还在洗净
他们的群山　风　还在加深
他们的面容

春风夜

我的心空出来　这样的夜晚

春风吹一遍　就泛青光　生苔藓

它们虚幻的样子在我脑中挥之不去

此处好比加深的仰望　春风吹一遍

就吹出棉花般的月光

多少个夜在我城中小寓装扮成

猫的诡蓝之眼　彷佛虚幻的忧愁

不能自已　春风夜没有什么

春风夜是外边的白杨树叶　和

春风的撩人技巧　春风夜是

某个角落的呻吟和叫唤

空 白

我不能只看见一个人的苦悲

在这片松林内　在这座寺庙里

前人已经来过了　小路上还有他们的痕迹

春风里还有他们的气息

我不能只看见一个人的孤寂

登上山顶　此刻　登高者会指着一处山崖

说　这是风停留过的地方

我知道山崖旁边　还有灵魂在皈依

前人已经来过了

此刻　薄雾遮蔽了尘世的身影

山崖　寺庙　松林　只是春风里的一片空白

父 亲

写一个清晨
写一个村庄
写一个电影院
写一个有父亲的剧本
从民国始上演

这个民国时的流浪儿
一个没有土地的长工之子
被地主家看门狗追赶的讨饭孤儿
成为无产阶级革命最坚决的支持者

流浪儿，四十年代的向往是你的
五十年代的热情是你的
六十年代的饥饿是你的
七十年代的哭泣也是你的
你从一个没有土地的人
成长为大队干部、公社干部、社办厂书记
终于开会时穿中山装、口袋插钢笔了
却被自己的恐惧症绊了一跤

谁知时间有没有重量呢
假如将时间拉开，它究竟有多长？
例如三十年。三十年前
这个男人死了，在故事里

确切地说，他卸下了苦难的身躯

飞越三十年，有人生的落潮
有生活的裂缝，请允许
他丢下两个女人
一个生养他的小脚老母
光荣的烈士遗属，沧桑的寡妇
还有一个深爱他的农家女儿
贫穷的爱情受害者，六个儿子的母亲

他狠心告别人世，告别妻儿老小
他决然埋葬承担
埋葬五十岁的身份
请允许他用雨水磨平
失败者的称呼
在墓碑上
在青草长出来以后
······

还要写一个清晨
写一个村庄
写一个电影院
写一个没有父亲的剧本
怀念是存在的
有时怀念可以用安静代替
安静是大多数人的全部

坼
子

致诗歌

用什么来建筑我们诗歌的殿堂

衰草、空虚的大理石、故作姿态的

呼叫？用什么来抒写现实和理想

这丧失标准的湖泊里

污水浩荡，蚊虫从树林里出来

有血液流动的地方是一个猎杀场

今夜在丘陵地带

必有人泄露了我的行踪

梦中的蚊群紧追不舍，它们伸出了

尖吻、翅膀和嗡嗡的呼叫

今夜在上山途中

必有人读出了我的疑虑

现出苍凉的原形

逼迫我交出血液里的罪证

在我身后

树叶铁青着脸，继续修行

今夜在绵江边上

我如何能说人世是大而密实的病房

当一切都显得可疑

忧郁症正沿着山村爬上我的躯体

写 下

我写下一座山崖，偏僻的寺庙

有阴凉。远离喧嚣的人

在经文里行走，草木也有灵魂

在荒野里出没。我听从内心的呼唤

写下父亲短促的一生，父亲就从三十年前

来到我的梦中。我怕一种黑暗的暗示

死去的人纷纷和我交谈

哦，死去的人永远年轻

而我们相继老去

我写下白发，白发已从母亲那儿

流传到我的头顶，像彼此心中的雪

对着镜子自言自语。写下

青草间，不可忽略的蚂蚁

山石间，不可忽略的流水

树木间，不可忽略的风声

屋瓦下，不可忽略的雨滴

群山上，不可忽略的安静

写下……

我背转身去，却听不见时间的声音

怀远帖

1

只有怀远，可见大地。
是否一叶障目，不能由近及远
不能看清自己，不能洗净群山
甚至连爱也不能？

我遇见的这个人，瘦削，中年。
有五年的隐疾。他用进口的药水
杀衣原体、支原体，流离失所的病菌
来自生活的深坑，来自黑暗的沟壑

2

那个伤害他的人，把梦连接于现实
那个为他生养的女人
出于对生活的另一种解释，她掘开身体
容许一场场苟且与交欢

而眠床终有印记……
这个教书先生的儿子，多年
虚妄之身相比月光。没有谁
捕捉到时间对他暗中刻下的波纹

3

在青龙村，我曾多次拜访
这个忧患的诗人——他胸腔内
藏有北极星、群山和丘陵
骨子里能取出归去来兮

一个被星光绊倒的人
很多年，固守寒庐
对自身的隐疾三缄其口，隐匿
苦痛，在蝴蝶上寻觅前生

4

他内心裂开巨大的空隙
星空遥远，尘世寒冬
而一条伸入天庭的小路梦见了他
把他引到山顶的佛塔前
在一片薄雾中，松针摇曳着
彷佛清风就是剃刀

在山上，他住了三天。
一个八十多岁的老僧，从他的
骨头、额际、手掌，触摸到凡尘
的灯。说："不可削发……"

5

当我再次遇见他，已是十年以后
在绵水北路，一间堆满书札报纸的
房间内。白炽灯光如洗心的月色
但已无悲伤的意味

我揭开一个人生命中的
一只玻璃瓶，不过还看见了
从虚空转向真实的光和影
我曾想，这样在诗中叙述一种
命运，是否意味着我也有
今生残破的痕迹？

短章：四月

我和你一样，谦卑，受尽催促
一生要经历无数次失意
我知武夷山背部的丘陵将
剥开我忧患的呼吸
在赣闽交界处，我知青山绵长
还有迟缓的人群把命运交出

泥

我们睡在上面。
泥是土的温柔部分。我们
用泥，围屋，造田。我们用泥，
搭起灶台，升起炊烟。我们埋葬先人
把坟垒得高高，我们还将睡在上面
而泥在大地无声无息。

泥包裹着不化之心
泥做的瓦、缸、罐、陶、瓷，历经远古
至今存有月亮的静谧、火焰的形迹

化土为泥，泥车瓦狗，转动童心。
我们在泥里打滚，泥多佛大。
闻着泥巴我们一生沾满幸福的灰尘
父亲说，泥是命。泥是人最高的权力。
哪里的黄土不埋人，讲的是
人最终和泥合而为一

低下的泥，种粮食和蔬菜的泥
扒在大地的泥，万物赖着的泥
灵魂的泥。人有其土，土和水成泥
泥啊，晾开，被风一吹，
其实就是滚滚红尘

我遗失了很多故乡的地名

我遗失了很多地名——
在梦中，我常常去那些地方
游荡。我知道有时灵魂将出走
田间，荒岭，森林，河滩
我相信那些遗失的地名
有呼吸。有风吹。有静默。

父亲被埋葬的地方
有几棵老松树、几棵椿牙树
我总相信父亲就在树下张望
我无数次地梦到他
如我无数次出走在有月光的夜晚
孤独且心酸。我遗失了父亲
像遗失这些烙印在心间的地名

灵魂里的地名
请你们像我父亲的骨殖
种在故乡也种在我的血液里

请停一下

爱与忧愁，请停一下
雨打芭蕉
古桥上的那把伞
流水和琴声
也请停一下
直到书中的故事讲完
一种意境，让年轻的心惘然若失

从书本里出来，我在
无产阶级的这一端
生活深刻。骨子里保存了
残破的村落、贫瘠的土地
风、月色、干草车的碎屑

请生产队的哨声停一下
在田间保留七十年代的秩序
请父亲停一下：你走得太快
以至我忘记了你的模样
请母亲的青丝停一下
你从未年轻而我正跟随你老去
……

请停一下
那些刻在灵魂里的悲伤

在时光之内

每天都有一次次远离。
每天都有秒针在刻度上走过。
我是书本内失忆的学生。我是田埂上坐着的
放牛娃。我是割草少年。我是水塘里鱼苗
的守护人。先用竹签数数，后用铅笔练字。
每天都有一个少年远离，从容而暗淡。
祖父曾来到案前，照看我的骨裂
抚摸我的喉结，准许我的青春想象夜晚。
我赤脚。我双手举着布鞋。我蹚过
南方泥泞的春天。有一年，父亲死了。
母亲以泪洗面。时光投下暗影而祭文
多么脆弱。如今我离开母亲的村庄好多年了
我把母亲接到身边。我愿倾听她藕断丝连
的悲戚。端详时光的影像，并轻轻拭擦
一条河流时涨时落的记忆，留在血管内的
波浪形纹理。它会不时伸出手来
扼住我的呼吸，故意用沉默的口吻
哦，时光之内，我们每天都在远离自己。

河流辞

在什么范围内，河流变换
她的骨与灵，在梦中交付自己的名字？
在婉转的赣南，丘陵交替
绵江流到会昌叫湘江，流到于都叫贡江
流到虔城叫赣江，这与我经脉内的
相同。我爷爷伐木撑排，顺流而下
求生计于水路，那是民国的事情。
一条河流因此记述激越、低回、哀伤、沉默
等故事。我的河流汇集了武夷山温润
的春天，瑞金城迷惘的雨，她们要到
万安作短暂停留。从更为长远的时间和宽广的领域
观察：河流切割山地，形成峡谷和险滩
急流里，每天的水都是新的水
今次的命运却不可预测。我内心闪过
宋朝的打渔人，他是否还在我的血管里？
万安以下，河面渐宽，水势和缓
聚孤江、遂川江、蜀水、禾水、泷水
此后去往长江路途遥远，鄱阳湖还有个驿站
这些均在我的梦境之外

两种动物

我的生命中存在有两种动物
一种是马，一种是麻雀
我既学习马飞奔时抛下的怀想
也模仿麻雀跳动时褐色的燃烧

在我生活的瑞金市
没有饲养马这种动物，我常常以为
大地上的丘陵与它相似
我跑到群山之中，是为了倾听马的嘶鸣
我跑到草甸，是为了想象马的寂静
我向往像马一样，与天空保持着恰当
的距离。我也欣受像麻雀一般微细
多年以前，我看见一群麻雀
在街角的榕树上落脚
我以为那是从乡村赶到城里的
亲戚，也要到陌生的地方谋生
我用我的心脏飞翔着，用翅膀
打开它，像接受某种诚恳的教育
我想我生命中的麻雀也有着
南方多雨天气的血缘。在诗中
我反复写下："三九路上的榕树
还剩十棵，城里麻雀的栖生之所
请不要砍掉它……"
相当于一则简短声明

一种是马，一种是麻雀
它们像方言一样
一开始就抓住了我的一生

我漫步到灌木丛生的野郊

我漫步到灌木丛生的野郊
我和它——
春天的晦暗部分，均带着昨天的身体

黄昏的尘迹手挽手靠近了
残云，倦怠的河流也合拢了
白天的伤口。而另一个梦即将打开
正如大地的孤寂从四月过渡到五月

我漫步到灌木丛生的野郊
不止是我，还有众多
未曾熟悉的生命，想把一切都交还给你

我等在四十岁后的无数日子

或者可以用腰椎间盘突出

应付一张旧藤椅的抗议

以减少牙齿的总数

端掉龋洞内一个个虫子的老窝……

让迫切变得缓慢

有机会把悠远的事物

收进老花眼

把过度挥霍的失意

像挥霍疾患一般再挥霍一遍。

我等在四十岁后的无数日子

游遍四野，有时间把丘陵抄写一遍

把河流抄写一遍，把瑞金市抄写一遍

落叶萧萧后

把一些愤懑发泄到群山旷野

年过五十后的身体就不用起立

感谢丝丝华发还不止于奔跑

借助夜莺给予新月重新定义

日记：10月25日去恩江看望友人

庐陵下，我未找到宋时的小道
但恩江侧卧，有人慕灵华山的白茶而来
泡一杯永丰春天的嫩叶，就
让人相信春天还未走远

而我相信报恩塔、龙蟠寺站立经年也
变换了经年，河水和沙粒几经洗刷
在远处发出鳞片似的波光
像少年远行时顾盼故乡的眼神

恩江，吉泰丘陵里宋时的风
吹了衣袖。我看到大地上的
红壤青山，与故乡相似
河流婉转，像此刻你我的言谈

我们一再说到诗歌，好多年
诚恳接受一条河流
固有的性情。它们穿过的沟壑
是我们细读且着迷的沉默

恩江因平和而安静，薄雾或在晨
或在暮。秋天，盆地里稻田已空
草垛高高堆起，时而飞起乌鸦和一些
鸟雀，我不知它们是欢乐还是苦痛

墨　客

想用流水之诗

穿过草叶、山竹、荨麻、稻梗

想用行云之蹈

摹刻山冈、岩壁、碑林、厅榭

你我非隐匿于世

我看清的仅仅是黑白

含有情怀

含有对自我的欢娱

首肯和遗恨

冬天我读了远山、薄雾和孤桥

春天我熟记小巷、石板和青苔

无外有一种

有人用柔软之笔

谋划了时间的暗影

熊国太（1962—　）

江西上饶县人。居南昌24年。浙江某大学教授，中国作家协会会员。写诗兼写诗评、歌词和时评，出版有诗集《踏雪》《持烛者》，新闻作品集《新闻里的风景》和文史图文集《鹿城记忆》等。歌曲《蔚蓝青春》被选为浙江省第十四届大学生运动会会歌。

熊国太

听燕语起自信江

水声在涨水的那年春天
游到大湖里去了
四月的风带来了一些思念和温柔
我知她们只为信江而来
当年的燕语里
就有被雨打湿的花信子
就有被风吹远的信江船歌

听燕语起自信江
一杯青梅酒和两碟风味小菜
借想象临岸啜饮江风
一条墨绿色的缎带是新娘的嫁衣
在燕语里飘过辛弃疾的梅香
在陆羽的《茶经》里
吮吸过江南的风流娇媚

我知信江北岸迢迢
北国红豆曾装满岁月的船舱
你知南国梦巷深深
曾闪过信江女子青春的倩影
江南江北都有一条陌路送春风
两岸船歌都摇过声声燕语
可摇不乱的
仍是信江上的片片帆影

熊国太

燕语自信江而起

我把酒泼向江心，波涛涌起

谁的呢喃在与燕语唱和呢

是燕声中长不大的孩子么

为什么他已不知江边没了水印的路

不知故乡已在信江里漂浮

漂浮中啁啾的燕语

惊醒着另一片陌生无堤的心岸

燕语，燕语，春天已经远去

一个夏天的记忆渐沉

你随风而逝的歌唱就要涉过深秋

而我在信江的波光里

早望见故乡和她两岸蒙蒙的芦花

冬天的萝卜

早来的冬天，即令
使我说不出更多的话语
但回忆一些往事
初雪会把我带回村前的河边

河边有水的寒意。寒意中
有母亲洗濯的双手
一些水声在她的指间汩汩地穿过
另一些水声
在她的衣袖间缓缓地汇流

这是水面打旋的日子
母亲，十根手指伸进冷冷的水波
洗濯总是没完
十根手指冻得像十颗红红的萝卜
掌心里的暖意
就那样躲闪不及地离去了

而萝卜是经寒的植物
母亲，那年我又是在哪儿驻足
我原本就是一颗萝卜啊
却是生活在温暖的厚土中

红红的萝卜，冬天早已逝去

熊国太

325

大地已经回春
可如今，母亲的手指却瘦瘦了
在春天的河岸上，萝卜的根须
长成了她脸上的条条皱纹

冰 溪

至今还记得
冰溪，你是一条蓝色的不结冰的溪
记得捧着你的一泓清泉时
有蓝色注入我的手心和血脉

当月华盈盈
蓝色的缎带飘过时间的高枝
多彩的百花
开遍你源头的青山

有花香引路
可在无人的溪边默坐一天
或者观察一夜星象
将生活这颗沉重的石头沉入溪底
兴许也能抖落命运的
一身灰尘

可我还是愿意，冰溪
愿意独自沐浴于你的涓涓细流中
愿将我的肌肤
抵在你金黄细软的沙粒上
在充裕的时间里
冰溪，随你一溪清水潜行
我的目光不会迷失方向

我终将要顺溪徐下
冰溪，混迹于你的水草和沙粒之间
或者远上丘山
像一枚松果又悄然地滚落在你的源头
一生都不打算
作一次追随鱼儿的逃亡

灵 山

这是一个简单的秋天
一条路弯向了灵山
一辆中巴车
将我从异乡带回灵山下的村庄

向阳的山坡，涌动的植被
天边的夕光映照乌黑的岩石
沉睡万年的山冈
又一次在晚风中把头颅抬起

多少刀削般的山道
从高处垂挂下来
余晖中还有从平原归来的鹈鸟
和赭褐色的蘑菇飞盘

而山下，那些静默的草垛
一垄垄菜蔬
能否还我一段葱郁的少年时光
在一条狭窄的田埂上
我看见远处溪滩上的卵石已沉入河床

是山脉相连着山脉
也是村落躲避着村落
寂寞的星辰被隐藏

被牢牢钉死在灵山的穹顶

现在，我如风中一粒轻微的细沙
沉落在灵山的怀中
又快速地向一个叫熊家的村庄走去
那里，祖先的隐形之身出没
河边的茅花迎风浮荡

……那里
归来的鹤鸟再次将翅膀展开
黑暗中的岩石
既不退缩，也永不消失

怀玉山的雪

我好久没有为怀玉山的雪
唱上一首情歌了
我好久没和山上的雪谈一次恋爱

我曾深爱的怀玉山的雪
比美人的牙更白。比阁楼里深藏的宣纸
更有精神底蕴和内涵

当我出生时，雪曾挽留我在她的故乡
当我用哭声抗议一次
她就在我的心里潮湿一次

而我漫游异乡，练习穿越
雪，她晶莹的美姿已深藏在我的心里
当她用六边形的沉默

飘舞一次，那美人的头发
就白了一寸。苍老的皱纹和深陷的眼眶
比我的牵挂先走了一步

而这一切都将归于白色的寂静
连同我鬓角上飘出的白雪
连同我隐隐作痛的牙根

熊国太

今年我多大。我有些怠慢当下生活
抖一抖鬓角上的白雪
我感到：我和怀玉山的爱情仍在燃烧

闪电之夜

我记得，是一个黄昏
在新州村的屋檐下，只有我一人
单腿侧立着
然后，看见一道道闪电

像一束束弯曲的
火苗，在故乡的天边竞相舞蹈
我记得，我未收回视线时
大地已改变了的模样

我记得，是一个暗夜
在新州村的窗台下，只有我一人
躺在单人床上
然后，看见另一些闪电

像一只只跳跃的
火狐，在异乡的夜幕上来回忧伤
我记得，我最后张望它们时
天空翻过一了阵阵白眼

黄昏消逝，夜色沉沦
沿着雨后的星光步入梦乡
梦里，仍有闪电
在舞蹈。却是命运的另一种图案

瓯 江

顺江徐下
我沿着瓯江右岸
独自走过丽水和青田
到达温州时
江水没有犹豫
就一头扑入了大海
清清的江水
瞬间被浑浊的海水吞没
而潮涨时分
我一人又溯江而上
浑浊的海水
倒灌了瓯江一百里
——我想
这浊清混合的江水
对我这个异乡人来说
是极其危险的

湖村的栀子花

走出村口，跃过湖边的浅滩
再爬八九里山路
就有野菊、油茶树和成片的冬茅
摇曳在红土壤的半山腰
还有互不搀扶的沙松、菝葜和芰荙草
对视在石灰岩的山冈

栀子花，这是我故乡湖村的一座山
高耸、陡峭却又硬朗
但我寻遍了所有的坡地和山坳
也没有找寻到你
而若干年前，只要我往山顶上一站
就见你像一群跑跳着的少女
满山遍野地疯
手牵手地摇

是采药者以蝗虫般的飞行速度
扑向你……栀子花
从那刻起，你安静、无奈，直至消失

四月丘陵

骑上四月的闪电，我
和乡村一样
遭遇了一场陌生的禽流感

哦，田野突然沉默
城镇有些忙乱。多少口罩外面
布满了病菌
多少乌云镶上了金边

在这四月的最后一天
连姑娘白衬衫裹紧的一对乳房
也失去了张力

但四月，还有
它弥足珍贵的梨花和流水
有色彩奇异的飞鸟和鱼群
在乡村的一座湖泊上

——我目睹了神在痛苦地射精
用四月的雨水作精液
用朴素的村庄作卵巢

我目睹了大雨淹没了乡村的脚趾
目睹被淹没的乡村

背叛了道路、桥梁和车船
以及阻隔其间的亲人

在四月，禽流感骑上闪电
我和乡村一样
浸淫在一场疾病的阴影里

五只白鹭

五只轻盈的白鹭，悲伤的白鹭
站在村庄的鱼塘边
一动不动

身上的洁白羽毛，一身的白羽毛
看上去
像五个披麻戴孝的人

事实上，三天前
五个留守儿童溺亡在鱼塘里
他们在异乡打工的父母还没回到家乡
悲怆的哭声就先到了一步

且惊飞了
鱼塘中五只白色的倒影……

耶溪河悲歌

一条现实主义的河流
细长、律动、呢喃。上游是造纸厂
中游是一座小县城
下游遍布朴素的村庄和庄稼

还有树林、田野、蔬菜园
连缀在河的两岸
还有农舍、乡镇企业、美容店
镶嵌在河岸的空白地带

于现实主义的源头
造纸厂日夜吐出污浊之水
一条流动的黑纱巾
令浣衣女捂紧了心口的隐痛

货车从左岸运进木料
又从右岸载出一筒筒新鲜的白纸
我想在河滩上坐一会儿
却已找不到一块干净的石头

向彼岸凝眸，我依稀看见了
群山在悄悄地退后
听见风声贴着水面疾飞
它们是否是耶溪河的精气在流失？

不许惊扰我故乡怀孕的稻花

不许你惊扰我故乡的稻花
也包括我。我故乡的稻花正在阳光下怀孕
白茫茫的花絮，微风可以将她轻拂
守望的目光可以打量
但，不允许你和我用手拍打她的身子

我故乡的稻花，一生只怀孕一次
她们需要安静，需要阳光倾泻在头顶
需要清水灌溉在脚踝
而我怀乡的意绪只需翻飞
就能在初夏时节穿越芬芳的田野
我不经意的探询
早发现稻花卓尔不群的青春和秘密

不许惊扰我故乡素面朝天的稻花
她们有孕在身，不可伤及
如果你想靠近她，首先必须远远地离开
还有那些家畜、农药和害虫
那些冰雹、倾盆大雨和九级以上的征地大风
统统都要离开或回避
以便我故乡的稻花在产房里健康平安

坐定黄昏，我愿意是一名稻花的卫士
愿趁她们还未走出产房

献上鲜花和祝福，呈上星光和敬意
如果我想放飞一段洁白的诗章
也必须迅速地撒到田埂的高处和村庄的祠堂
如果稻花要弃我而去
我也不允许自己打听她们匆匆的消逝

我故乡的稻花，茫茫如白蝶
她们在精心地孕育无数个圆润的孩子
晶莹的孩子，饱满的孩子
名字全部叫香米。我们藉她安身立命
或做家国大梦，或者颐养天年

肺矽病人

他的脸庞毫无光泽，呈青褐色
说话声音细若游丝
从远处看，他不太像个重症病人
只像一个营养不良者

其实，他胸部的面积越来越窄
二氧化硅的粉尘
在他谁也看不见的肺泡上堆积了多年
肺组织已全部纤维化
就像他家用来垒猪圈的土疙瘩

医院里，医生悄悄地对他老婆说
——他早已病入膏肓
急需开膛洗肺。如果久拖不决
生命肯定难保
如果施行手术，费用肯定昂贵

而若干年前，他壮实如牛
臂力无人企及
家族祠堂里一百八十公斤重的练功石
他能轻易地举过头顶
如果掰手腕，方圆几十里没对手

为了赚钱盖一幢新农房，为了

给两个儿子娶上媳妇
他一直在福建的铅矿和采石场交替打工
时间长达二十六年

他是我的一个堂弟，姓熊，名国栋
很多年前我上山打柴的伙伴
多年后我急需治病的兄弟
我递给他五千元时，他的双手不停地颤抖
浑浊的眼里噙着打旋的泪花

国栋兄弟，原谅哥无能
哥没办法把你从死亡线上拉回来

土地之殇

化肥施得太多了
农作物产量很高。但土地已被污染
就像罂粟花看上去很美丽
其实，她的花骨朵很毒

农田里的土壤，流水中的大气
重金属镉已严重超标
其他元素，譬如砷、铅、铬
还有农药，也超出了国家标准

有人说，土地不是被污染了
而是得了晚期癌症
就好像癌症晚期病人已无药可救

我故乡的果蔬看上去也很美丽
桃花开得过于鲜艳
梨花白得耀眼。没等丝瓜花开到极致
南瓜和香葱就被城市抢购一空

怪不得，我每次回到故乡时
村民总是低着头走路的
村后山坡上有的坟头是塌陷的

土地得了癌症，一切已不可挽救
果蔬之花很美
它内在的毒素已渗入你的血液…

河床干涸

河床干涸，岸上的水田随之龟裂
蝌蚪还未长成青蛙
就已渴死在龟裂的泥缝里

河床干涸，河岸上的防洪林
早已成了一件摆设
南风吹来时，树林找不到自己的倒影

而在原有的河床上，密布的鹅卵石
已被抬上村后的高山
那里的一座座坟墓堂皇得犹似宫殿

现在，有人偶尔能在河床的沙石中
挖掘出一些家畜的尸体
还有一些被村民扔弃的塑料制品

河床干涸，芦苇丛越来越小
一些椋鸟飞来飞去
最终在觅食处被乌梢蛇悄悄吞噬

抬头望望蜿蜒到天边的河床
河床依然干涸。我的故乡已然无言
而我在异乡只能干着急……

兽医的谶语

兽医钻进春日的夜色
来到母牛的身边

大针筒的银光
映亮母牛的一对泪眼

远处群山咬紧牙关
但没减轻母牛的痛感

"可能是喂多了假冒饲料，
它怕是熬不到明早！"

谁也没注意到乡村屋顶
流星在那儿寻找自己的生命

缓缓站直身子的夜色
吞咽了兽医的一声叹息

人群中有人向母牛作揖
有人擦抹着脸颊上的泪水

但，最后辞别母牛的
不是它操持一生的主人

——而是风，是风的低语
飘荡在流星坠落的地方

在青溪镇

在青溪镇，上学的孩子
把破损的书本翻寻了几百遍
也没有劳作的人
在村路上疾走的次数多

在青溪镇，有经验的鸟
一再把树杈上的巢往深山里搬
急需补充营养的金雀子
在觅食的途中只接近了愿望的一半

还有稻香，在青溪的田野上弥漫
还有鳡鱼在池塘里睡眠
它们和果蔬一样
期待在老人、妇女和村童的守望中
返回羸弱的村庄

但壮硕的劳力
只从千里之外的打工异地
捎来一句口信
——要到晚冬才能回归故园

乡愁的火焰

乡愁的火焰，自村庄深处
一路蔓延而来。在城市的屋檐下
我深陷的眼光
窥见了她蹿动的红火苗

秋后的朝天椒，晚冬的红萝卜
坐入竹筐到城里卖钱
一身红绸缎的新嫁娘，被城市的新郎
推进洞房，不久又一刀两断

红心柚，浪迹在钢筋水泥丛林里
还未回过神就被剥了皮
贱卖的红枣，还没看清城市的面容
就被倾倒在街头的垃圾箱里

蹿动的红火苗，也来自红枫树
即便它在村头掉光了叶子
也没盼着打工妹回到家乡
门上的红对联，脸色因此日渐苍白

红花油只剩下了最后一滴
暮归者的跌打损伤仍不见好转
一再消瘦退缩的良田
见证着：城市坚硬的躯体在肿大

在砖瓦厂翻了几个跟斗
新出窑的红砖就上了乡村公路
在它的身后，烧制砖瓦的烟囱有多高
乡愁的火焰就有多高

而我在异乡有点冷。一颗
怀乡的心，保存着乡愁蹿动的旧火苗
在风中，她熄灭了一会儿
旋即又燃烧得更为猛烈……

天空高了一米七零

通往乡村的路，都在开挖着
新工地。其中一些人
已抡圆了手中坚硬的铁镐
向着一米七零的雪松根部砸下去

天空顿时高了一米七零
天空的底部多出一尺见方的窟窿
还有一辆运土车守候一旁
准备收走雪松的尸体

我的身长恰好一米七零
我恰好路过那一片新开挖的工地
我要把自己填进那个窟窿
不论有多深，先抱紧雪松痛哭一场

如果我没被铁镐咬一口
请允许我代替那棵无根的雪松
从窟窿里重新站起来。再开走运土车
从苗圃里运回更多的雪松

直到一米七零的天空重又吐绿
直到受伤的雪松，从一米七零处
继续长高。直到我渐渐地矮下去
成为雪松脚下的一只蚂蚁……

饮露的蝉

要等到一树的露水悬于叶片
你才被允许趴在枝桠上
要等到露水透明了薄薄的蝉翼
你才可以在浓荫处静卧

现在的四月装饰过浓
晚春的繁华和落红刚刚撒到地面
你深知此刻还不能鸣叫
要等到天空的心情晴朗好转

要等到禾苗怀上无数的孩子
村民顶拜了案上的神龛
要等到洗衣女赤脚下水
你才能准备好清唱一生的新词

要等到毒日头突然间降临
你才会鼓起胸腔开唱
要等到苋菜、青椒和苦瓜摆上餐桌
你的歌声才比屋顶更高

要等到秋霜白了草尖上的露珠
要等到九月宣告
——整个夏天气数已尽
你才肯唱死自己，仅留一只空壳

而无论谁，命苦的或是
幸福的，只要给过你一滴露水
就能得到你回赠的歌谣
还有一个夏天的全部……寂静

候鸟一点点地消瘦

季节伸出了一根根黑枝条
鞭打着天空中
一群在野的舞蹈家

山冈上的夕晖，湖泊里的蓝光
不小心都捉到了
飘飞在北方云层里的拟声词

无冕的舞蹈家，合法的流浪者
脚跟循着湿地浅了
水洼里的倒影瘦了一圈又一圈

飘飞的拟声词，那谦恭的异乡人
还没有学会一句方言
便匆匆地向更高远的异地遁逝

遁逝！我也没有查询到下一站地址
就在浙南的某个小角落
把大半生最幽暗的时光耗空

浙赣线上的民工专列

哦，它的座椅……看上去有点脏
还有一点破损和零乱
小孩、编织袋、竹背篓和行李包
挤压在嘈杂声里
而我混迹其中，被迫接受混合气味
我的不知所措无人察觉

看上去，车厢内还有一点缺氧
有些骚动。过道密实有加
此刻，如果我注意力集中，还能发现
偷乘者正翻窗而入
无票和形迹可疑者贿赂了列车长
成功率均达到百分之百

但晚点的消息仍不断地传来
速度依然受制于避让
避让红灯、路基维修和子弹头动车
沿线旧公路上的小四轮和拖拉机
速度相对还要快一点

在恍恍惚惚的归程中
我成了一名潜隐的返乡者
我已记不清自己坐过多少趟火车
可我记得这一辆

它铁制的外壳……是绿皮的

它黑色的火车头
有节奏地从前额上吐着白色的烟
飘向家乡相反的天空

流浪方式

走路是种司空见惯的动作

路的形状

提供了一种流浪方式

流浪很美丽

陌生的朋友你会理解

流浪很美丽

影子是最可靠的伴侣

告诉自己

你的流浪是鸟式的流浪

陡坡尽可以飞掠

一马平川或江河湖泊

可以出没

如此丰富的存在

在意识的底层作证

在生活的尖刀上滑行

流浪很美丽

并且请你端详

流浪是一种生存方式的呈现

或悲壮而去

或奏捷而归

自己的白发

点过了别人的灯

忘川之梅

出发去远方，不如回来静望家园
闲时去江上打鱼
雪时在窗前铺纸。如果有梅立于纸上
就让她绽放东方意境

我和你，都是梅的难兄难弟
也是梅的儿女
如果能陪伴在她的身旁存活一次
或在雪的怀中相拥一回
此生应该不会有太多的遗憾

而心，始终是一束干渴的火焰
想点燃仅需一杯老酒
即使流落于午夜，也能梅香般蔓延

但在云上或帆上，牵你的手
我的手永如鹤之姿
凝视或出游都是一种怀恋
将此身置于流水中，留下目光去飞临
可为苍白的梅喷射血红点点

梅，你就是那颗红月亮了
无论怎么伸手去摸
你都会摇曳在我注泪的心里

熊国太

入秋的蟋蟀是怎样鸣叫的

秋风一劲吹
夏日的阳光金线就断了
蟋蟀就在那扇柴扉后面叫得更为悠远
一声声，一曲曲
像先秦携带着薄荷香的歌谣
穿过汉代厅堂，又悄然地抵达隋唐两朝
在唐朝，只要蟋蟀一鸣叫
长安的青石板路就能向四个方向延伸八千里
而在宋元，要让蟋蟀沉默是不可能的
唯有鸣叫才能活通一身血脉
但那只蟋蟀又是一只极普通的蟋蟀
前世准备好的歌谣
并不能穿透明代愤怒的秋风和晚清的冷寂长空
她的歌谣，只能在向晚时分
以落日下的稼禾为美
在沉寂之夜，以黑暗中的灯盏为心
若能渡过余光中的乡愁海
那啁啾的鸣叫就会更加凄怨和哀婉
叫一声李白的月光
独酌的人就梦游到天姥山
叫一声陶渊明
东篱下的菊花就悄无声息地开
叫一声屈原的游魂
低低泣鸣顷刻间便化作吟哦长啸

打　铁

我居住的弧形郊外
有一间铁铺，那儿
只有打铁的人在专心地打铁

炉膛里的光焰，飞溅的火星
穿过郊外的一条公路
在我的窗前静静地生辉
在我的眼睛深处疯狂地闪亮

这郊外已没有什么声音响起
在夏天，唯有打铁的声音
震动着零星的房子和过往的耳轮

这间铁铺已有很多年了
铺里堆放着碎铁和一些煤渣
打铁的人，他手中的锤子
在敲打铁的同时也被铁器所伤吗

一整个夏天，我只感到打铁的声音
在郊外的四周激荡
在郊外的上空徐徐地飞翔

而我在室内写作，再也没有什么
让我写下的诗句比打铁的声音更有力

没有什么比我写下的文字更衰老
或者比我更像一块空心的铁坯

打铁的人，靠近炉火的人
双手紧紧地握住铁锤。在他的身后
我放下手中的笔倾听打铁的声音

在弧形的郊外，我放下了手中的笔
也许我终究会哭，也许我已失声抽泣
但不管我怎样转身，打铁的
声音，总不肯让我把寒冷的泪水用完

六 月

在六月，一些隐秘的事物
已感染上六月的忧郁
一只轮胎的脱落加重了忧郁的氛围

哦，六月才是最残酷的月份
我看见了它的瞳孔里
掠过了一些阴冷又变形的面影
和刺眼的金属之光

这些眩晕了天空的利器
逼迫我，跳进流水里去漂洗
可多年堆积的淤血怎么能够洗净？

是六月狠狠地撕开了一切
也是六月，漂白和覆盖了一切
当记忆不能告别
我将永远承受六月的创伤

与六月绝诀，定然是我一生中
最困难又动人的情节
但我，实在又太过脆弱和简单

这世上还有哪些不为人知的地方
能让我动心前往？

还有多少个六月要令我逃之夭夭
让我与七月的缄默为伍

活在六月，我的手已捂紧双眼
怕血再来。怕它
捎回那片曾被燃烧得通红的苍白

配电房

当黑暗淹没眼帘之时，没有
光芒的火焰，寂静地通过两根黑色电线
抵达我低矮的屋前
它们看上去就像两条蛇倒悬在屋檐下
我知道，我距离
郊外的那座配电房已不太远

我从没去过配电房。我想象着
有一个老师傅，昼夜守护着一排电闸
有时也必须步出户外
小心地爬上电线杆把陈旧的电线剪断
然后用来编扎一圈篱笆
种一垄垄绿油油的蔬菜或西瓜

但深夜，在我的书桌上
一支无墨汁的笔，一叠没格子的纸张
或许能画出两条永不相交的平行线
可我知道，我写下的文字
却没有老师傅的白内障那样明亮和生动

有很多年了，郊外的配电房
因为操纵光明依然坐落在寂寞的围拢中
在它向北的墙上，那
一只只闪烁的指示灯仿佛一双双怒睁的眼睛

熊国太

那一排排沉寂的电表
也说不清楚自己浪费了多少光芒

而我，常常是在傍晚回到家中
坐于灯下读一本无名之书
我读书时，便有一种温暖的东西
从头顶蔓延到感情的体内
但我不能像老师傅那样一伸手就能掌握光明
我读书的目的
是否有些盲目冲动或愚不可及？

是否，真的只有在我睡去之时
才能像老师傅那样，爬上某一高处
把陈旧的生活剪断？是否
只有在靠近梦窗的地方，才有一条蜿蜒小路
抵达光芒的中心？宛如配电房
把黑暗——挤压进四周的墙壁里

公告栏

一会儿贴上白纸
一会儿贴上红纸

白纸上有一些人的名字
红纸上也有一些人的名字

白纸上的名字越来越多
红纸上的名字越来越少

白纸上的名字从墙上走下来
看了看红纸

红纸上的名字也从墙上走下来
看了看白纸

看红纸的人脸白
看白纸的人脸红

持烛者

走不到寂静尽头的人是不是你
持烛者，当你从天边归来
一路洒落的烛光，照亮了我的青衫
也照亮我曾丢失的岁月和思想

大地已沉睡，天边归来的持烛者
你持烛的手成了光芒的支点
但一枚烛光踽踽穿行在黑色的走廊里
只能静静地映亮走廊的表面

而谁，早已捕捉到你微弱的光芒
流泪的光芒。我能够看见的
只是手中的烛越来越短，夜越来越长

持烛者，当你归来是否有人说过：
在光明泛滥的地方，黑暗也是一盏灯！
这灯谁曾见过，是否又完整如初？

放弃激流

是的，你将放弃激流
退回到河流的末端
夏天的浊流呼啸着冲过峡谷
而你将另辟蹊径

你将另辟蹊径，回到高原
一片小小的湖泊
卧听秋天的凉潮
缓缓地漫过你的躯体

绕过夏天的浊流，你已
退回到河流的末端
其实你要去的地方并不遥远
因为你还有许多没有实现的愿望

你要去的地方并不遥远
漂泊的异地也在悄悄地换季
当你卧于湖泊的中央
能看清四周黑白分明的山水

也能看见一只鸟优美地飞翔
它像个云层里的语词久久地萦绕
那陌生的异乡语言
带着复仇的秘密向你问候

熊国太

但鸟，要向更高远的秋天遁逝
云中的语词也将急速地消隐
你在异地里的漂泊表明
死的退缩，包含不了生的抗争

是的，你将放弃激流
放弃多年的守候而另辟蹊径
当你再次回到河流末端
深秋的凉潮已浸透你的心灵

我一直不同意闪电躲在乌云里

我一直不同意闪电躲在乌云里
不同意浓黑的乌云
就那么轻易地将闪电裹挟在无边的黑暗中
且被遮蔽着一道道光芒

我不同意闪电浑浑噩噩
不同意它优柔寡断，患得患失，缄默无声
不同意它忽略天空弥漫着窒息的气息
不同意它无视狂风与夜幕在天庭之下的媾合
我一直坚决地认为
闪电一旦和恶腐的事物沆瀣一气
它的锋芒还不及一棵稻草

我不同意闪电与流星这类过客为伍
不同意它默认雷声要过一秒后才爆出喊声
我不同意闪电劈不开乌云
不同意它劈不开横在大地与天空之间的樊篱
和一根根朽木
我还不同意它要看避雷针的脸色行事

即使它劈开了高筑在我心中的块垒
即使它劈开了我胸腔里巨大的阴影
和眼中的一团团阴霾

熊
国
太

我也不同意闪电一直躲在乌云里
恰如不同意鲜花插在牛粪上
不同意白纸被强行摁进盛满墨汁的砚台里

后　记

　　二○一五年正月初二，饶祖明邀请汪峰、傅菲、徐鋆和我等几家人，聚集在他的乡下老家——江西广丰县大南角青湾欢度春节。这是我们这帮兄弟近年来并不多见的一次聚会，每人都非常珍惜，交谈、忆往和打趣并行穿插其间。

　　虽然只是一顿普通的晚餐，但餐桌上摆满了具有广丰风味的各色菜肴。酒意酣畅之余，祖明对我们几个说："一想到上世纪九十年代写诗的日子，我的心情就难以平复，认识你们几个真是我的荣幸，可惜我现在不写了，我敬你们一杯！"话音未落，一大杯浓烈的白酒就倒入口中……汪峰、傅菲和我等听后不免一阵惊讶，面面相觑中夹杂着几分不解的神情，因为祖明的话说得有点伤感。

　　这伤感的缘由或源头，不是因为生活遭致了什么，而恰恰是陪伴兄弟们一路走来的诗歌。没想到，在饭后我们品茗时，祖明又对诗歌表明了他的心思："虽然我不写诗了，但还会抽空读诗，读你们的诗是我的一大享受。"祖明把语气和呼吸舒缓了一下，又蹦出了一句，"为了纪念逝去的青春岁月和印证纯真的友情，我有个心愿，建议上饶、赣州、抚州诗友出版一本诗歌合集……"话似乎还未说完，汪峰立即补了一句："这事要委托国太兄具体操办"。

　　在之后的几天时间里，当我把祖明的想法通过手机声波告知诗友们时，得到了一致的呼应和最坚定的支持。

　　这就是出版这本诗歌合集的最初动因。而我，并不觉得它只是祖明的一时兴起。我知道这兄弟的个性和脾气，要么不说，说了就一定会做到。年少时的祖明在德兴长田中学教书时，就因为疯狂地写诗，遭遇校长和同事的不解，可他仍一如既往地写，常有诗作登上《诗刊》《诗神》等期刊。也因为写诗和富有文采，祖明被调到了市机关工作，结交了一批文朋诗友，且在频繁的走动和诗艺的切磋中，对诗歌的敬畏之情又陡增了几分。

是的，为了"纪念逝去的青春岁月和印证纯真的友情"，用诗歌合集呈现的方式，应是一种最佳的选择。这不需要太多的理由，因为我们都是走在生命河流上的人，别离一次不容易，聚会一次更不容易：汪峰在四川凉山，饶祖明在黄山，傅菲在江西和福建之间潜行或浮荡，林莉生活在赣东北山水间的某处，三子在庐陵大地上日夜为百姓操劳，圻子和聂迪栖居在赣南某两点之间，吴素贞在才子之乡看云起云落。而我虽寄身在温州，却不知自己的灵魂到底飘在何处……

但曾经，因为诗歌，我们从田埂和丘陵上、从书香和人群中，从不同的方向聚拢在了一起。因为诗歌，我们见证过青春的葱郁，穿越过生活的废墟。我们在或长或短的岁月里有过踟蹰，在渐渐模糊的乡村和城市里出没，在反射不出背影的大地上游走……

一九九七年早春的某个日子，江西省文联在南昌郊外某学校举办"早春笔会"。笔会聚拢了来自省内各地部分文学新人，饶祖明和傅菲来了，江子和李晓君来了，三子、龙天和圻子来了……其间，诗友们天南海北，交换心得，喝酒品茶，每个人都仿佛亲吻到了诗歌女神的脸颊。那次"早春笔会"，三子称之为"早春芽儿笔

会"，祖明后来一直戏称它为"爪牙笔会"，但不论怎么称呼，它至少让相互心仪已久却未曾谋面的诗友们开始相识相知，相互间搭建起了一条弥足珍贵的友情长廊。

笔会之后，"早春芽儿"们各自回到了自己工作和生活的地方。以后的日子，"春芽"们也和普罗大众一样，一如既往地平淡生活和写作着。但有一些时日，赣州和上饶两地诗友相互走访忽然多了起来：三子、圻子、聂迪、龙天曾先后去上饶拜访汪峰、萧穷、傅菲和徐勇等。而汪峰和我也曾去了赣州和瑞金回访他们。有一次，我去了一趟瑞金圻子那里，那时他在派出所工作，三子、聂迪和龙天也听闻而来，然后我们去爬山，在一座不高的山上谈有意味的诗歌，谈生活的隐痛，谈跌宕的情感……

那是一段美好时光，比较闲散和漫泛，连空气都充盈着友情和诗意，毫无现今诗人间奇异或隐秘的交往方式。我们像兄弟姐妹一样，在诗歌光芒的沐浴下，没有因为生活的快节奏、经济的重负和被异化了的社会环境而觉出人生有太多的紧张感和压迫感。

其实，在"早春笔会"之前，三子、圻子、聂迪和龙天几个早就频繁联络了起来。他们曾一同创办了油印民刊《体现》，刊发的大都是他们的早期诗作，主要围绕吟诵乡村、个人情感和心灵内省而铺展。我也陆陆续续地收到过其中的几期，感觉虽然有些稚嫩，没有他们现在的诗作成熟，但多数诗作已彰显出格调清新、语言质朴和诗意唯美等美学倾向。

记忆再回溯一下。当年那些参加或未参加"早春笔会"的兄弟们，现在看来，大都跻身江西乃至全国诗文界，汪峰是江西省较早参加诗刊社举办的"青春诗会"的人，江子、傅菲和李晓君已是国内散文界的翘楚，圻子仍在写精短而有意味的诗歌，聂迪出版了一本很有分量的诗集，饶祖明在诗坛露过几次脸后干了几年公务员，现在成了投资人。而在诗歌创作方面，得到诗坛关注和产生影响力的就是三子了，不仅参加了"青春诗会"，且在忙碌的工作中从未中断过创作，诗艺越显炉火纯青。

林莉也参加了"青春诗会"。她和吴素贞虽为后起之秀，诗歌的品质却赢得了诗坛的不少赞誉。随着与诗友们交往的加深，她俩及其诗歌，已然像暗夜里从树梢间洒落下来的月光，清晰地投射在了一条铺满友谊的林中小路上。

逝去的时光肯定拽不回来，但可以把时光的痕迹刻写一遍。生活的大风虽然把诗友们吹在了四面八方，但诗歌合集可以让兄弟姐妹们相伴到老。

庆幸的是，我们仍然走在生命的河流上，没有退缩和犹豫，没有让汹涌而又冰冷的岁月流水吞噬掉一颗颗善良而又逐美的诗心。因此，我们要感谢诗歌馈赠给我们的无上恩惠，感谢那些逝去的时光没有抛弃我们的良知和情愫，更要感谢父母、亲友、庄稼、时代、日月星辰赋予我们的生命以光泽和慰藉。

我们要特别感谢《诗刊》常务副主编商震先生，他在百忙中为这本诗选撰写了精彩序言。他的每一个字，对我们都是一种莫大的激励，一种希望的寄予。而我们回馈给商震先生的，唯有继续走在生命的河流上，让诗歌的芳香遍洒在河的两岸。

最后还要感谢一人，他就是江子。江子早年写诗，一组《我

在乡下教书》曾获得《诗神》举办的全国青年诗歌大赛一等奖。江子对现代诗歌创作一直有着自己独特的见解和感悟，虽然他婉拒编者将他的诗作选入这本诗歌合集，但他对本书的编纂理念、选编定位和排版设计，提出了许多非常宝贵的、有建设性的意见和建议，在此一并感谢！

这本集子，只是我们纪念青春的一份记忆，一种友谊的见证。我们无法做得更多，只有摆上心形的九片树叶，呈奉上由友情编织而成的九只花环。我们也无法做得更好，只有不让时间的河流壅塞，不让有诗歌的日子掉出眼泪，更不让友情在浑浊的横流中倒下。我们能做的，是始终朝着一个方向眺望，用诗歌镶嵌诗歌的集结方式，用生命拥抱生命的纪念方式。

我相信，我们的灵魂会一直漫游在大地上。而心灵，将在诗集中永恒地相聚在一起！

熊国太

二〇一五年八月二日（农历乙未年六月十八日）书于江西南昌

后记

图书在版编目（CIP）数据

江西九人诗选 / 熊国太主编. -- 南昌：百花洲文艺出版社，2015.10
ISBN 978-7-5500-1534-0

Ⅰ. ①江… Ⅱ. ①熊… Ⅲ. ①诗集－中国－当代 Ⅳ. ①I227

中国版本图书馆CIP数据核字(2015)第220489号

江西九人诗选

熊国太　主编

出 版 人　姚雪雪
责任编辑　童子乐　臧利娟
装帧设计　彭　威
制　　作　何　丹
出版发行　百花洲文艺出版社
社　　址　南昌市红谷滩新区世贸路898号博能中心A座20楼
邮　　编　330038
经　　销　全国新华书店
印　　刷　江西新华印刷集团有限公司
开　　本　720mm×1000mm 1/16　　印张 24.5
版　　次　2015年10月第1版第1次印刷
字　　数　300千字
书　　号　ISBN 978-7-5500-1534-0
定　　价　43.00元

赣版权登字 05-2015-366
邮购联系　0791-86895108
网　　址　http://www.bhzwy.com
图书若有印装错误，影响阅读，可向承印厂联系调换。